JN083246

無益な知識

アウシュヴィッツとその後　第二巻

シャルロット・デルボー

亀井佑佳［訳］

月曜社

AUSCHWITZ ET APRÈS

II

UNE CONNAISSANCE INUTILE

par

Charlotte Delbo

Minuit, 1970

あなたがたの信頼に応えるためには、私たちはあまりにも遠くから
やってきた。

ポール・クローデル[1]

目　次

無益な知識

男たち

私たちは男たちに寛大なやさしさを抱いていた。彼らが中庭をうろうろ散歩している姿を見つめたものだった。鉄格子から紙きれを投げ入れ、監視の目を盗んで言葉を交わしていたのだ。私たちは彼らを愛していた。そのことをまなざしで伝えたが、唇で伝えたことはなかった。そのさまは彼らには奇妙に見えたことだろう。彼らのいのちがどれほど危ういか、私たちが知っていると悟られてもおかしくはなかった。でも私たちは不安を顔には出さなかった。少しでも不安の滲みでるようなことは何も言わず、彼らが出てくるたびに廊下や窓辺でその姿を見守って、私たちの想いや心遣いがいつもそばにあることを感じとってもらおうとしていた。

男たちの中に夫がいる女たちは彼のことしか目に入らず、私たちを探し求めるいくつもの視線の中で、すぐさま自分の夫と見つめあうことができた。夫のいない女たちは、男たちみんなを分け隔てなく愛していた。

私は彼らの中に兄弟も恋人もいなかったが、男たちを愛してはいなかった。私は一度も男たちに目を向けなかった。彼らの顔から目を逸らしていた。私に二度目に近づいてくる——キッチンにスープをもらいにいくときにこっそりと——男たちは、私が彼らの声もシルエットもわからないことに驚いた。彼らを前に私が抱いたのは、とてつもない憐憫と、とてつもない恐怖だった。私が本当には関われなかった憐憫と恐怖。私の心の奥深くにはぞっとするほどの無関心、灰と化した心臓から来る無関心が秘められていた。私は、彼らを恨まぬよう自分を抑えていたのだ。私は生きている人全員を恨んでいた。まだ自分の心の底に、生きている者たちに赦しを与える祈りを見つけることができずにいた。

男たちもまた私たちを愛していたものの、その愛は惨めなものだった。彼らは自分たちの力が衰え、男としての義務を果たすことができないという気持ちを何よりも痛切に感じていたが、それは女たちに何もできなかったからだ。もし、彼らが不幸で飢えて丸裸であるのを見て私たちが苦しめば、私たちをもう守ることも助けることもできず、もはや運命を一人で引き受けることもできないことは、なおいっそう男たちの首を絞めることになっただろう。でも女たちは最初の瞬間からその責任の重荷を下ろしてやっていた。彼女たちは、女たちに対する男としての気遣いから、いち早く彼らを解放したのだ。自分たち女の側には何の危険もないと、彼女たちは男たちに信じこませようとした。女性であることが盾になる、まだ一般にそう信じられてもいた[2]。おそるべき危険を彼ら男たちが全部担っているとすれば、女たちが身の危険を案ずる必要はないことになる。そうなれば女たちに必要なのはもっぱら忍耐と勇気、日常の一部であるがゆえに彼女たちが絶対の自信を持っているこの二つの徳だけだ。だから彼女たちは男たちを励まし、心労も悲しみも見せず、とりわけ心配を表に出さないようにしていた。彼女たちは、自分のいのちにどれほど危険が迫っているか承知している彼らに、ふさわしい存在であるはずなのだ。男たちのほうは、日常の自然体でいようと心がけていた。私たちの役に立とうと手を尽くし、どうしたら私たちに尽くせるか模索していた。それなのに！　彼らの物質的窮乏状態では、女たちが頼めるものなど何もなかった。女たちの場合は全く同じくらい窮迫していても、まだしもやりようがあった──女たちのいつものやり方で。洗濯物を洗ってあげることができたし、男たちが逮捕された日から着ていて今やぼろ同然の一枚きりのシャツを繕ってあげることも、毛布を切りとってスリッパを作ってあげることもできた。女たちは自分のパンを少し残して男たちにあげていた。一人前の男はもっと食べなければならない。毎週日曜日、彼女たちは中庭で催す余興を企画し、男たちは二つの区画を隔てる有刺鉄線の向こうに立ってそれを見物した。一週間ずっと女たちは働きづめだった。繕い物をし、日曜日のために稽古した。みんなのやる気がなかったり雰囲気が悪かったりして催しの準備ができそうにないときでも、いつだって一人くらいはこう言う女がいた。「でもやらなきゃ、男たちのためだもの」。男たちのために、彼女たちは歌い踊った。男たちのために、彼女たちは呑気にはしゃいでみせた。それは胸を引き裂くような演技だった。それでも、こういうこと全てがどれほどくだらないか一番よくわかっている女たちさえ、この演技がもたらした賑わいを信じるときがあったのだった。

だからこそ、その日曜日は他のどの日曜日にもまして悲しい日だった。要塞の司令官はあらかじめ出し物を禁じていた。男たちは彼らの共同寝室に、女たちは彼女たちの共同寝室に閉じこめられていた。それに、私たちが急に所在なく気が抜けたようになったのはそのせいだけではなかった。女たちはそれぞれぼんやりした胸騒ぎを覚えつつも、他の者たちがいるために取り乱すこともできず、仲間たちの態度を窺いながら気をそらせようとしていた。みんながみんなとても自然に演じていたからこそ、騙される者はいなかった。

私たちはやきもきしていた。壁際——男たちのいる側——の物音に耳を澄ませ、注意深く、聴診器を耳に当てるみたいに壁に耳を押しあてた女たちは、質問されるとこう答えた。「だめ、何も聴こえないわ」。私たちには何も聴こえず、午後になると心細さがふくらんでいった。

それは九月のとある日曜日で、夏の日曜日のように太陽が降りそそいではいたものの、すでに秋の憂愁は忍びこんでいた。別の言い方をすれば、朝からずっと、空気の只中にも、窓から見える木々の葉にも、斜堤の草地をそよ吹く風にも、要塞から仰ぐ空の色にも、まなざしの映す色にも、朝が来てからずっと、あとになってあれはただならぬ日だったと言われるような、まさにどんよりとくすんだような感じがあった。

「で、イヴェット、窓に何か見えた？」——「ううん、何も」。にわかに、私たちの廊下から足音がして、私たちの部屋の扉の鍵を開ける音がする。収容所の責任者の女が歩哨を連れて入ってくる。責任者の女は囚人なので、一人で巡回することは絶対にないのだった。「ジョゼ[3]、何があったの?」――「別に何も。何みんな動揺した顔してるのよ? 何もないわよ。私は男たちの洗濯物を取りにきただけ。できててもできてなくても、今すぐ彼らに返さなきゃなんないの」。

「洗濯物を男たちに返す? 今すぐ? 何でまた?」

早くもみんな、せっせとシャツや靴下の包みを用意したり、ハンカチを入れ忘れたからと荷物を解いたりしていた。朝からずっと待つより他に何もできず気が滅入るばかりだった状態を、脱することができて嬉しかったのだ。やっと何かできたかのように、この何かが彼らの役に立つことでもあるかのように。

「男たちは出発するの?」

「わかんない。私は何も知らないから」。ジョゼは何も言おうとはしなかった。ある女が「今何時?」と尋ねる。そして私たちはみんな、そのとき四時だったことを後々思い出すことになった。

ジョゼが洗濯物を持って出ていき、扉がまた閉じられると、女たちはそれぞれ自分のベッドに帰る。共同大寝室は再び、沈黙と待ち時間で息苦しくなる。

気を紛らせ、気分を晴らそうとしてあれこれやってみても、結局は無気力に陥り、言いようのない不安にぶつかった。何か読んだらどう？　答える者はいなかった。

「音がするわ。階段下りてる」

「何があるの？」

共同大寝室の奥からいくつもの頭が起きあがってきて、壁際で耳を澄ませている女に質問が集中する。

「下に移動させられてる」

「全員？」

「ううん、全員じゃないわ。音が止まった」。

何ヶ月も監房で生活したことでみんな以前より聴覚が研ぎ澄まされ、雑音やかすかな物音、呼吸や足音を聞きわけることができるようになっていた。

また沈黙。また待ち時間。

何も待ち受けてなどいないと、信じようとする女たちもいた。何で待ってたの？　何を待ってたのよ、ねえどうして待ってるの？　でも彼女たちは、待っていると感じないことも、不安を感じないこともできなかった。沈黙、また長い時間。

次に、廊下から足音がする、私たちの廊下、今度はブーツの靴音だ。女たちが一斉にベッドとベッドのあいだに立って身構えていると、下士官の男が姿を現す。彼がポケットから紙を取りだして何人かの名前を呼ぶと、自分の名を呼ばれた女たちはそれぞれ扉の近くに整列しに向かい、その顔に表れていた心配が決意と緊張に凌駕される。そのドイツ人は十七人の名前を呼ぶとリストを折りたたみ、十七人の女たちとともに出ていって再び鍵を閉める。するとその場に残され立ち尽くす他の女たちには、共同大寝室が空っぽでがらんとして見え、これから何かが起ころうとしている場所のように異様にしんとする。

私には、もうあちらに夫がいなかった。私が名前を呼ばれたのはサンテ監獄[4]、四ヶ月前のことだ。あのときは朝だった。

私たちは待っていた。仲間たちが帰ってきて、私たちの不安に名前を与えてくれるのを待っていた。

彼女たちが戻ってくる音がする。下士官が彼女たちを部屋に帰し、再び扉に錠をすると、彼女たちの顔に浮かんだ緊張と決意が消えた。彼女たちの顔からは、あらゆる表情や約束事が忽然と剝がれ落ちてしまったように見えた——急に光を当てられて、あるいは残酷な真実にさらされて、剝きだしにされた顔の裸の中で。

私たちは彼女たちを待っていた。彼女たちがみんなそこにいるのを見ると、どことなく緊張が解け、私たちは何となく成行きに身を任せた。私たちは話してもらうのを待っていた。でも彼女たちのほうはベッドに戻った。彼女たちはそれぞれ何も言わず、何も見なくなった目で自分の場所に向かった。すると何が起こったのか知りたがっている女たちが、先ほどの十七人の中で特に仲のいい女たちに近づき、あれこれ尋ねはじめた。私はその場でじっとしていた。仲良しだったレジーナのところにも、マルゴーのところにも行かなかった。サンテ監獄で私と同じ朝に名前を呼ばれた女たちも、誰一人としてその場を動かなかった。私たちは知っていた。

　今や共同大寝室全体がざわめいている。事の詳細が知れわたる。「夫は私に彼の結婚指輪を渡したわ」――「司令官は、明日の朝出発するって彼らに知らせたんだって」――「彼らは夜を過ごすためにトーチカ[5]に連れてかれる」――「煙草をみんなで分けあってたわ」――「ジャンは顔が真っ青で、目があんまり窪んでたからこわくなっちゃった」。

　そして私は、自分のベッドの近くのグループで一人の女がひそひそ話しているのを聞いている。「ルネがベティに言った話じゃ、彼らは銃殺されることになってるけど、女たちには何も言わないことにしよう、移送されることになったふりしようって、みんなで決めたんだって。まあベティには言えたんだけど。あ、このことは他の人には内緒よ」。

　そのとき、私たちのうちの一人が共同大寝室の真ん中に進みでて、声も高らかにみんなに呼びかけた。「ねえみんな、消灯までまだ時間があるから詩でも読んだらどうかしら」。

　一番若い女たちが座席を並べる。みんな席に着く。葬式のあとの最初の食事で、誰かが気を取りなおして普通のことを話そうとして、他の人たちに飲み食いの話をするのに成功したときのようだった。でも、朗唱者がこう読みあげると――「というのも　死せる男を　または死せる女を愛したことくらい――ひとをたかめてくれるものはないのだから――ひとは生に適するよう鍛えあげられる――そして　もはや誰をも必要としなくなるのだ」[6]――このくだりに達すると、どの女も思い知らされた。男たちの嘘にもかかわらず、洗濯物を返すように言った司令官の猿芝居にもかかわらず、どの女も彼らが死ぬのだとすぐさま直感し、その直感が確かであることを思い知らされた。彼らは勇敢でやさしかった、私たちの愛した男たちは。

そして私は、彼らのこんなにも短い猶予を責めることのできた自分が恥ずかしくなった。彼らを愛そうとしなかった自分が恥ずかしかった。私は彼らを見ようともしなかったのだ。その顔を、その目を見ようともせず、その声を聞こうともしなかった。今となってはもう、誰が誰だか区別することもできない。私は後悔にむせび泣いた。そして今日、三人のドイツ人を撃ち殺したピエールや、スペインで銃弾を受けて体が不自由になった小柄なレイモンドの話を聞くとき、私の記憶を掠めるのは、あやふやだが仲の良い、私たちが愛した男たちのグループ全体なのだ。

私は彼に言ったものだ　私の若木さん
彼は松の木のように美しかった
初めて出会ったとき
その柔肌はあまりに甘かったから
初めて抱きしめたとき
それから何度でも抱きしめたとき
あまりに甘かったから
今でもそれを想うと
もう自分の口の味もわからなくなる
私は彼に言ったものだ　私の若木さん
すべすべして　まっすぐで
この胸に掻きいだくとき

頭をよぎったのは風
シラカバやトネリコの木
その腕に抱きすくめられると
もう頭が真っ白になってしまうのだった。

＊

何て裸だろう
旅に発つひと
彼の目は剝きだし
彼の肉は剝きだし
戦地に発つひと
何て裸だろう
旅に発つひと
彼の心は剝きだし
彼の体は剝きだし
死の旅に発つひと。

＊

牢獄の敷居で
別れの朝に
とある三月二十一日

別れの季節が来た
解(ほど)かれた腕の
カサカサした唇の

出会いの季節が来た
洗われた空の
みずみずしいスイセンの。

＊

私は彼に呼びかけたものだ

私の五月の恋人
彼が子どもだった日々
とっても幸せだった日々
私は彼と離れていた
私の五月の恋人が
ここにいるのを
誰も見つけていなかったとき
十二月でも
青臭くってしなやかで
腕を絡めて歩いたとき
森はいつでも
私たちの子どもの頃の森だった
離れればなれの思い出はもうなかった
彼は私の指にキスをした
私の指はかじかんでいた
彼は五月の恋人たちの言葉をささやいた
聴きとれたのは私だけ

その言葉は耳には届かない
どうして
高鳴る胸の音を聞いてるから
そのやさしい言葉が
死ぬまで聴けると信じている
これほどに五月があるのだ
生きているかぎり
愛しあう二人には。

それなのに
彼らが彼を銃殺したのは　とある五月のことだった

*

私は羨ましい
犠牲を受け入れ
自分自身を捧げた彼らのことが

私は
抗いはしたけれど
ほとんど耐えられなかった
彼の前で泣き叫ばないでいることに
彼にはありったけの勇気が必要だった
すでにありすぎるくらいだった
一人の若い男が
自分の死後も生き残ることになる
一人の女を置いていくには。

*

私は彼を与えなかった
死は私から彼を奪った
その動機は
私の愛よりも強かった。
その動機のためには

死ななければならなかった
私の愛のためには
生きなければならなかった。
さぞや
あなたたちは簡単なことだと思うでしょう
他の女を
妬まない女でいるということを
人は彼女を殺すことができる
だがまた思想によって
死ななければならない
私は彼と一緒に死ねなかった
そのせいで死ぬこともない。

＊

英雄のために泣くこと
臆病者を愛するのではなく

さぞかしあなたたちは正しいのでしょう
何でも表せる言葉を持ったあなたたち
でも
そこにいたのは
強くもなく　弱くもなく
犠牲にも
裏切りにも
至らなかった人たち
こんな考えがちらついたことがあった
彼だってそんな人たちの一員になれたはずなのに
そして恥ずかしくなった
私はそう思っておきたいのだろう
恥ずかしくなったと
どうしても
どうしても
あなたたちが正しくなければならない。

＊

私は自分自身に問いかけたものだった
誰のために
誰のために彼は死んだのか
友達の一人のために
彼のいのちを捧げていいほどに大切な
この世の人などいただろうか
彼
誰よりも大切な人。
そっと　彼は戻ってきた
彼が姿を消した　あの場所から
戻ってきてこう言った
僕は過去のために死んだんだ
みんなの将来のために死んだんだ
私はのどがはちきれるのを感じた
私の唇は微笑みそうになった

でもそれは　また彼に会えたからだった。

＊

あなたたちにわかるはずないでしょう
聞いていなかったあなたたちに
死にゆこうとする人の
心臓がドクドク鳴るのを

＊

私はまた泣いた
だって私たちは二人とも信じていたのだ
愛は私たちのお守りになるはずと
信仰を失うどころの話ではなかった
私自身が責められているみたいだった
どうしてもっと大きな愛で愛さなかったのかと。

＊

私は彼を愛していた
彼はハンサムだったから
浮ついた理由

私は彼を愛していた
彼は私を愛してくれたから
利己的な理由

でも
理由を探しているのは
あなたたちのためだ
私には理由なんてなかった
私は彼を愛していた　一人の女が一人の男を愛するように
その愛を表せる言葉もなく

＊

彼は死んだ
愛の物語には
美しい物語であるために
悲劇的な結末が必要だから
私たちの物語は素晴らしかった
どうしていつもあなたたちは
最後に
ありきたりの結末で締めくくらないと気が済まないんだろう。

＊

愛に　痛みに
干上がってしまった　私の心
痛みに　愛に

日に日に枯れて

切られた首のラ・マルセイエーズ

その日々はきりもなく続いた。何もない一日の連続。朝にはコーヒーの、十一時にはスープの、五時にはパンの配給。私たちは窓の七本の格子が壁に描く模様を目で追い、その影がゆっくりとあちらの壁からこちらの壁に移動するのを眺めて時をやり過ごした。左隅の剝げおちた漆喰の上に、消えかけた三～四本の格子しかもうなくなってしまうと、日が暮れて晩になった。すると中庭を行き来する歩哨が姿を消し、監獄内が活気づく時間がやってきた。夜勤の歩哨が来る前にてきぱきと、窓から窓へ、岸から岸へと会話が始まるのだった。他の人たちの声が頭上を飛び交う中、それぞれが知り合いの声と言葉を交わしあったものだ。

私たちの監房の窓の位置はかなり高かった――天井すれすれだった――ので、窓辺に立つにはベッドの鉄柵に上って爪先立ちし、格子を両手で摑んでグッとしがみつかなければならなかった。手が痛くなり、格子の跡が手のひらの窪みに赤く残った。私たちは順番にそこによじのぼって、まだフランス刑務行政の管理下にあった隣の翼棟の「一般刑事犯」と話をした。サンテの大部分の囚人はドイツ軍の手中にあり、政治犯があふれかえっていたものの、当時はまだレジスタンス活動家とは呼ばれていなかった。この「一般刑事犯」たちは様々な作業場で働いていて、晩になると自分たちの監房に帰ってきた。彼らのほうも、歩哨が姿を消し、私たちと話ができる時間が来るのを待ちわびていた。手紙を受けとり新聞を読んでいた彼らは、私たちにニュースを伝えてくれた。重大なニュースがあると口笛を吹いて私たちを呼び、こんなふうに叫ぶのだ。「おい、お嬢ちゃんたち、やったぞ！　イギリス軍がトヴルク[7]を奪還した。何て猛進だ！」私たちにはこの勝利の重要性がよくわからなかった。リビア遠征が始まったのは私たちが逮捕されたあとだったのだ。私たちは尋ねた。「ロシアではどうなの？」――「あいつらがまだ進軍してるさ」――「あいつらって？」――「ドイツの奴らさ」。

その晩はリュシアンとルネがなかなか来なかった。彼らのいるはずの窓はがらんとしていた。一日中、街の大時計が刻々と時を告げ知らせるのを数えながら――私たちは耳を傾け、あらゆる大時計の音の出どころを突き止めようとした。その音がどれほどあったことか！　前にこの界隈に住んでいたときには、大時計の音など聴こえたこともなかった。自由の身にある人は時刻を数えたりはしない――日がな一日、日が暮れるまで、私たちは時を数えていた。昼間というのは晩になるのを待つ時間、ニュースを待つ時間でしかなかった。

「一体ぜんたい今日は何してるのよ？　彼らに何ができるってわけ？」

「独房に入れられたんじゃないかしら」

「なら近くの人に私たちに知らせてって頼むはずでしょ」

「近くの人たちが遠すぎるのよ。声が届かないくらい」

「だったら窓に合図くらいしてくれてもいいのに」

「ねえまだ姿が見えない？」

「見えないわ、ちっとも」、格子にしがみついている女が監房の仲間たちに答えた。この仲間たちのほうは、看守の女の予期せぬ巡回に備えて扉に目を光らせているのだ。

「まだ何も？」

私たちは絶望に襲われた。約束してもらったものをもらえなくて泣く子どもたちのように、子どもっぽい絶望に。

「いた、いた！　来たわ！」ハアハア肩で息をしたリュシアンが、中庭の向こう端にある彼の監房の格子のあいだに頭を覗かせる。

たちまち私たちは元気を取り戻した。窓にしがみついていた女がこう叫んだ。「何でこんなに帰りが遅かったの？　もうほとんどしゃべる時間がないじゃない」。

「嫌な仕事があったんだ。でかい浴槽の設置をやらされた」

「でかい浴槽？　何それ？」

「もみがらのカゴさ。[8]頭を入れるための。ギロチン用だ。明日、四人首を切られる。だからでかいんだ。知ってるだろ、ビュシ通りの四人[9]」

私たちは知らなかった。

「そっか、知らないのか。きみらはもう塀の中だったもんな。ビュシ通りの市場のど真ん中でスピーチした四人組だよ。朝、市場の時刻、女たちがみんな行列作ってたときさ。四人の中に店棚に乗った奴がいたらしい。ドイツの奴ら（フリッツ）をやっつけろって呼びかけたんだ。そのあと護衛役の三人の相棒と逃げようとした。けど警察に捕まった。特別法廷[10]にかけられて、全員死刑さ。執行は明日の朝。まさにここ、フランス人収容区で」。

ブーツがカツカツいい、銃がカチャカチャ鳴る。間違いなく夜勤の歩哨が中庭に入ってくる音だ。リュシアンの頭が指人形劇のギニョル[11]のように勢いよく落ちる。たちまちあらゆるものが静止する。歩哨の足音がする。

ビュシ通りの四人組。私たちの中の四人組。彼らの名前がわかったらいいのに……。きっと彼らは私たちの知り合いなのだ。

その夜は私たちの誰も眠れなかった。時計の音が全部聴こえていた。天井が明るくなり、日が昇り、ぼやけてほとんど目立たない最初の格子の影が壁に浮かぶのが見えた。

「四時よ。間違いなく時間だわ」、四度目の鐘が鳴りおわったとき、アンリエットが言う。

その翼棟は私たちの翼棟の背後にあったので、最初は遠くに、それからだんだんはっきりと、ラ・マルセイエーズが響きわたる。監獄の中央にあるに違いないこの中庭の真ん中に彼らが前進するにつれ、歌声はどんどん明（さや）かになる。どんどん声が大きくなり、私たちの耳にはその声が、不揃いな四人の声がはっきりと聞きわけられる。四人とも限界まで声を張りあげている。最初の一小節が終わる――彼らは待たなければならない、立ったまま、ギロチンの足元で――その声はもう揺るがない――再び呼吸を整え、サビを歌いはじめる、声がまた大きくなり、盛りあがり、重なる。けれどもサビの出だしの二語を歌いおえるともう三人の声しかなく、それは依然として同じように重なりあい、歌詞の一語一語をきれいに発音しているが、すぐに声は二人になり、たった一人になる、この声は力を尽くして極限まで声を張りあげる、たった一人で、監獄中に声を響かせるために――そのときが来て不意に断ちきられる、唯一の声。言葉のさなかに、頭が落ちた。宙づりにされ、断ちきられ、耐えがたい沈黙のうちに残された言葉。ほんの一瞬の沈黙だ――歌声は再び響きわたり、監房の奥で合唱する政治犯収容区の男たちによって引き継がれたのだから。

それは一九四二年夏のことだった。

「先週、その他多くの行動に続き、またまた支離滅裂な行動が新政権に決定された。リヨン市モンリュックの不吉な要塞の中庭で、アルジェリアの愛国主義者アブデラマン・ラクリフィが処刑されたのだ。彼は土曜日未明に斬首されたが、同志たちは全員、監房の格子ごしに歌いながら処刑台を見送ったという」（『エクスプレス』誌、一九六〇年八月四日）[12]

到着の朝

地獄が呑みこんだあらゆる亡者たち
私たちを出迎えたのは彼らだった
瞬くまに
私たちは理解した
どうして私たちが歓迎されなかったのか
彼らは地獄の責め苦に呻きながら
私たちが到着するのを眺めていた
地上からやってきた私たち
訳知り顔をして
ここがどんなに違うかわかった顔をして
瞬くまに
私たちも知ることになった

人生を忘れたいと願うことになった。

＊

地獄では
仲間たちが死ぬ姿を見ることはない
地獄では
死に脅やかされることはない
地獄では
もう飢えることも渇くこともない
地獄では
もう待つこともない
地獄では
もう希望もない
希望は不安の一部なのだ
血の気の引いた心臓では。
どうしてあなたたちに地獄と言えるだろう、

ここが。

私たちが心酔したのは　アポリネールと
クローデル
あなたは覚えていますか?

とある詩の冒頭を
私は思い出したかった
あなたに伝えたかったから。

私はその詩句を一つ残らず忘れてしまった
過ぎし日々の廃墟の中で
私の記憶は迷子になり
私の記憶は消えてしまった
かつて私たちが心酔した

イヴォンヌ・ブレックに

アポリネールとクローデルは
私たちとともにここで死んでいる。

綱渡り芸人の幽霊は
夜になると練習していた
電信線の上で
私に見られているとも知らず
彼は踊っていた
幽霊の衣装を着て
それなのに
誰も彼を見ていなかった

私なら耐えられなかっただろう
もし誰も私を見てくれていなかったら
もしあなたたちがそこにいてくれなかったら

他者たちへの感謝

＊

死ぬことは何でもない
さしずめ
それが本来のものであるならば
でも
下痢にまみれ
泥にまみれ
血にまみれ
それが続くなら
どこまでも永く続くなら

＊

とある馬鹿げたロマンス
とある夏の宵
悔やまれる

人生　過ぎし日
いいや
ここの人間は悔やみ方を忘れる方法を学ぶのだった

＊

私は男たちが殴られるのを見た
そのときやっと　私は彼のことを考えることができた
彼は死んだのだ
まだ輝くばかりだったある日
まっとうに死んだのだ
選ばれた死を。

＊

私の見た人が
苦しんでいるのを見たとき

苦しんでいるのを
死んでいくのを見たから
死んでいくのを見たから
何もないとわかった
この闘いの中によけいなものは何もなかったと。

＊

地図上のこの点
ヨーロッパの中心のこの黒いシミ
この赤いシミ
この炎のシミ　この煤のシミ
この血のシミ　この灰のシミ
何百万人分の
とある名もなき地。
ヨーロッパじゅうのあまねき国から
地平線上のあまねき地点から

列車が集まってきた
名づけられぬ地に向けて
何百万もの存在が詰めこまれ
どこなのか知ることもなくそこにぶちまけられ
その人生とともにぶちまけられ
その思い出とともに
その小さな痛みと
その大きな驚きと
その問いたずねるまなざしとともにぶちまけられ
煙に巻かれたまなざしには何もわからず、
どこなのか知ることもなくそこで焼え尽きた[13]。
今ではみんな知っている
もう何年も前から知っている
地図上のこの地点を知っている
そこはアウシュヴィッツ
みんなそう知っている
そうして　残りのことも知っていると思いこんでいる。

エステル

隣りの女が合図を送ってきたとき、私はすでに横になっていた。「外で呼んでる子がいるわよ」。

「誰？」

「小柄な子。門のとこよ」

私は外に出る。若い娘がいて誰かを待っているが、顔を見ても私がわからないらしい。知らない子だ。辺りを見まわす。ブロックから離れている汚い雪の通りに人気（ひとけ）はない。その若い娘一人きりだ。彼女を見つめる。ユダヤ人だ。私服を着ているから。彼女は私をじっと見て歩みより、ドイツ語で言う。

「Cってあなたのこと？」

「ええ、私よ」

「私はエステル。あなた、同志の一人なんでしょ」

私は不信感を表に出す。「どうしてわかるの？」

「あとで教えるわ。とにかく聞いて。あんまり時間がないの。もうすぐ消灯時間だから」(消灯時間を過ぎると、収容所内で動く者は全員監視塔から銃撃される)「私はユダヤ人、白ロシア出身よ」。

私は彼女をじっと見つめる。小柄でふっくらとして、頬は林檎のようにつやつやしている。二十歳、もう少し下くらいか。髪はスカーフの縁で刈り揃えられたばかりだ。ユダヤ人の女たちは毎月頭を剃られる。その他の女たちは、何もなければ到着のときだけだ。彼女は清潔で、身なりもいい。私の目つきに気づいて、こう弁解する。「エフェクツで働いてるから」。

エフェクツというのは、ユダヤ人たちの鞄の中身、つまり彼らがアウシュヴィッツに到着したときホームに置いていったものを、選別して整理・分類する労働部隊(コマンド)だ。エフェクツの労働部隊(コマンド)は、収容所内に入るユダヤ人女性たちの中でも選り抜きの女たちで構成されている。各輸送列車(コンヴォワ)の中から、最も若くて最も頑丈な女たちが労働力として確保されるのだ。この女たちは収容所行きになる。それ以外の女たちはガス室行きだ。エフェクツの娘たちの身なりがいいのは、取り扱う荷物の中から服を選べるから。(収容所内で縞模様の囚人服を着ていないのはユダヤ人の男女だ。彼らは背中に鉛丹で大きくバツ印の書かれた私服を着ている。だからエフェクツの女たちは、服を着替えるとき新しい服の背にそのバツ印をつけるだけでいい。)彼女たちが痩せほそっていないのは、他の女囚たちにショーツやニットを売り、夕飯になるパン切れやマーガリンのかたまりを手に入れられるから。彼女たちが清潔なのは、下着を替え、水のある仕事場で体を洗えるから。ＳＳたちも彼女たちに清潔にしろと命じている。彼女たちが整理しているのは、被災したドイツ市民に冬場の救援物資として配給されることになる代物だから。私たちのほうは交換用の下着などあったためしがない。体を洗えたことも一度としてない。何十人かの、エフェクツのこうした特権者たちや、収容所の貴族階級――ブロック長や副ブロック長、警察やドイツ人一般刑事犯の女囚たち[14]――以外は、誰も体を洗ったことなどない。

私はエステルを、彼女の白いスカーフをじっと見つめる。彼女の顔をキラキラ輝かせるその歯を見つめる。私は言う。

「きれいな歯ね」

「あのね、私はただあなたの役に立ちたくてここに来たの。何か足りないものはない？」

何か足りないものはない？　どう答えろというのか。

「あるわよね。何もかも足りない、でしょ？　明日また来るわ。じゃあね！」

翌日、同じ時間に彼女はまたやってきた。彼女はブラウスから歯磨き粉のチューブと、半透明の紙に包まれた新しい歯ブラシを一本取りだした。

「朝のお茶を少し使えば歯磨きできるわよ」

メリヤス生地の薔薇色の肌着。

「汚くなったら捨てて。別のをあげるから。今日持ってこれたのはこれだけ。明日また別のを持ってくるわ。もう服を全部着たまま寝なくていいように、寝間着用よ」

私は彼女が手に載せてくれた代物に目を凝らす。歯ブラシの持ち手には見たことのない商標が刻まれている。歯磨き粉のチューブに印刷されているのはまた別の見知らぬ商標。一番最近の輸送列車（コンヴォワ）はギリシャからだった。

私は途方に暮れる。こんなものどこに置こう。ポケットはない。毛布の下に置いても、労働から帰る晩にはもうなくなっているだろう。歯ブラシと新品の歯磨き粉、清潔な肌着を見つめる。私に足りないもの、いや、身に余るもの。それらはすでに消し去られた人生の一部なのだ。歯を磨く人生。それにどうやって分けあおう。私たちは何もかも分けあっている。とはいえエステルは、私の顔が喜びに輝くのを待ちかまえている。

「ありがとう、エステル。やさしいのね」

「私がもっと早く帰ってきて、あなたがあんまり疲れきってない晩があれば少ししゃべりましょ」。

彼女は私に握手の手を差しだしたあと、離れていく。振り返りきれいな歯で笑いかけるその顔は、私を喜ばせることができたと嬉しそうだ。

エステルとは何者だったのか？　私は二度と彼女に会うことはなかった。エフェクツの労働部隊（コマンド）にはよく荷物検査があり、くすねたものを隠しそこねた女たちは、懲戒部隊[15]かガス室に送られる。どちらに送られるかはＳＳの機嫌次第だ。私は彼女がグロドノの出身だったことを知った。

飲む

点呼のあと、隊列は労働に出発するための縦隊に再編成されていた。五列に並んだ私たちは、その場で半回転すればすぐにでも門の正面で行進の隊形に入り、出発する準備ができていた。そんなに迅速には進まなかった。まだ待たなければならず、足踏みしなければならなかった。カポたちは自分の労働部隊（コマンド）を並ばせることに勤（いそ）しんでいた。彼女たちは私たちの人数を五人ずつ数え、百人単位で隊列を区切っていた。どのカポも自分の労働力を一片ずつ切りわけていた。こうしてその朝、私たちのグループはど真ん中で真っ二つに分断され、一方は解体現場で働き、もう一方は別の現場で働くことになった。その晩、点呼でまた集まったとき、カルメン[16]が私に言った。「明日また同じ現場に行くわよ。カポの女をじっくり見といたから見分けられるはず。とにかく私たちの近くにいて。はぐれないようにくれぐれも気をつけてね。水があるから」。

来る日も来る日もずっと、私は渇きに喘いでいた。正気を失くすほどの渇き、口の中に唾液がないから何も食べられなくなるほどの渇き、もはやしゃべれなくなるほどの渇き――口の中に唾液がないと、人はしゃべることもできなくなるのだ。私の唇は千切れ、歯茎は腫れあがり、舌は一枚の木片と化した。腫れた歯茎と膨れた舌のせいで口が閉じられなくなったので、気の触れた人のようにポカンと口を開けっぱなしにしていた。気の触れた人のように瞳孔を開き、血走った目をしていた。といっても、これはあとから他の人に聞いた話だ。彼女たちは私の頭がおかしくなったものと思いこんでいた。私には何も聴こえず、何も見えなかった。盲目になったとすら思われていた。盲目ではないが何も見えなかったと彼女たちに説明できたのは、かなりあとになってからだ。私のあらゆる感覚は渇きによって消し去られていた。

カルメンは、私の目に知性の光が戻るのを見る望みを託して、何度も私にこう言い聞かせなければならなかった。「水があるのよ。明日には飲めるから」。

その夜は果てしなく長かった。のどの渇きがその夜にはことに耐えがたく、私は今でもどうやってあんな夜の先まで生き延びられたのだろうと不思議になる。

翌朝、仲間たちにしがみつき、相変わらず口も聞けず、取り乱して我を失った私は、引っ張られるままになっていた——私を見失わないように気をつけているのはとりわけ彼女たちのほうだった。私にはもう自分自身に対する最低限の反射すらなくなっていたので、彼女たちがいなければ、レンガの山にぶつかるのと全く同じようにSSの一人にぶつかったり、よくても列から外れたりして殺されていたことだろう。ただ一つ水という観念だけが私を目覚めさせていた。どこにいても水を探していた。水たまりや少し水っぽい泥が流れているのが目に入ると正気が吹っとび、水たまりや泥水に突っこもうとして彼女たちに止められた。もし止められていなかったら犬たちの牙元に突っこむことになっていただろう。

道のりは長かった。私たちは永遠に辿りつかないのではないかと思えた。私は何も尋ねなかった、しゃべれなかったから。長いこと、唇で言葉を発してみることすらもうしていなかった。きっと私の目が不安げに問いかけていたのだろう。彼女たちはずっと私を安心させようとしていた。「心配しないで。本当にいい労働部隊（コマンド）だから。水があるの、本当よ。信じていいから」。

ついに私たちは到着した。苗を育てている畑だった。「木を植えてるの。小さな木。一本植えたら水をまく。ジョウロいっぱいの水がもらえるってことよ」。前日もここに来ていた女たちが説明した。実際、井戸の近くにジョウロが一列に並んでいた。私は即座に跳びだし、列を外れようとした。ヴィヴァ[17]が私の腕をぎゅっと摑まえた。「カポの女が数えおわるまで待って」。人数確認が終わると、カポの女はグループを割りふった。私はジョウロ係にはなれなかったし、仲間の誰一人としてなれなかった。私たちは植樹している男たちのところに低木を運ぶ係をしなければならなかった。私は絶望した。そんな私を一生懸命みんなが励まそうとしているあいだに、カルメンが事を進めていた。「聞いて。リュリュ[18]の近くでおとなしく待ってるのよ。いい子にして、ちゃんとおとなしくしてて」。彼女は病人に話しかけるみたいに、やさしく私に語りかけた。「働いて、ほら、これ持って」。彼女は私の手に一本の小枝のような、かぼそい茎の低木を持たせた。「井戸水を汲んでるのはポーランド人の男よ。顔でわかったわ、昨日と同じ人だから。彼がジョウロに水を入れる役。私たち、パンを丸ごと一個もってきたの、ね？　パンと交換に水ちょうだいって、あそこの木を積んでるとこの裏で頼んでくるから。動かないで。万事整ったらすぐ合図する。だめ、動かないで。戻るわ。戻るったら、ちょっとの辛抱よ」。ありがたいことに、私たちがいたのは剝きだしの平地ではなかった。人目に触れない隅っこや曲がり角があり、こっちには道具置き場、あっちには材木小屋があるので、カポやＳＳたちに始終見張られていたわけではない。ヴィヴァに支えられ、他の女たちに囲んで隠してもらいながら、私は働いているふりをしていた。彼女たちと一緒に低木を手にしてうろうろしてはいたものの、ポーランド人の男が低木を受けとって植樹している畝の近くに、身を屈めて低木を置くほどの余力はなかった。立っているのがやっとで、自分が何やっているのかもわからなかった。のどが渇いたという感覚すら、もうなかったように思う。意識朦朧とし、ボーっとしてもう何も感じず、もう何も知覚できなかった。

カルメンが戻ってきた。彼女とヴィヴァは畑に誰もいないのを確認してから、それぞれ私の片腕を摑んで、壁面と私たちが運ばされた低木の山とのあいだにできた物陰に私を運んだ。「はいどうぞ！」と、カルメンが私にバケツの水を見せて言った。亜鉛製のバケツで、田舎で井戸水を汲むのに使われているようなやつだった。大きなバケツ。たっぷり水が入っていた。私はカルメンとヴィヴァの手を振りほどき、バケツの水に突っこんだ（ス・ジュテ）。冗談抜きでいかれて（ジュテ）いたのだ。私はバケツのそばにひざまずき、馬が水を飲むように鼻っつらを水に突っこみ、顔面を水に浸して飲んだ。その水が冷たいかどうかもわからなかったはずだ——きっと冷たかったに違いない、汲んだばかりの新鮮な水で、三月の初めだったから——私は顔が冷たいとも濡れたとも感じなかった。私は飲んだ、呼吸するのも忘れるほど無我夢中で飲んだ、息継ぎするためにやむをえず時々水面から鼻先を出した。ひっきりなしにそうやって飲んだ。何も考えずに飲んだ。もしカポの女が突然来たら、飲むのをやめさせられ殴られる危険があるとも考えずに。私は飲んだ。見張り役のカルメンが言った。「もういいでしょ」。私はすでにバケツの水を半分飲み干していた。少し休憩をとったものの、きつく抱きしめたバケツを手放すことはできなかった。カルメンが「来て、もういいでしょ」と繰り返した。返事もしないで——ちょっとした身振りや身動き一つくらいできたはずなのに——ぴくりとも反応せずに、私はまたバケツの中に頭を浸した。また飲みに飲んだ。犬ではなく馬のように。犬は軽やかに舌を鳴らして飲む。液体を口に運ぶためのスプーンとして舌を反らせるのだ。馬はただ飲む。水が減っていた。私は底に残った水を飲み干すためにバケツを傾けた。ほとんど地面に寝転ぶようにして、最後の一滴まで、ただの一滴もこぼさぬよう吸いあげた。バケツの縁まで舐めたいくらいだった。でも私の舌は硬くなりすぎていた。硬すぎて唇を舐めることもできないくらいに。手で顔を拭い、唇で手を拭った。「今度こそ来て」とカルメンが言った、「あのポーランド人がバケツ返せって」。彼女は後ろにいる誰かに合図を送った。私はバケツを手放したくなかった。お腹が重すぎて動けなくなっていた。私のお腹は独立した何ものかのようで、骸骨の上に積荷か小包みが一つくくりつけられているみたいだった。私はがりがりに痩せていた。来る日も来る日も口の中に唾液がないせいで何も呑みこめずパンを受けつけなかったし、来る日も来る日もスープが食べられなかったから。かなり薄いスープでも塩辛くて、口の中で血を流す口内炎（アフタ）が燃えるように痛んだのだ。私は飲んだ。もうのどは渇いていないのに、まだ安心できなかった。全部飲み干した、バケツの水まるごと一杯。そう、まるで馬のように。

　カルメンがヴィヴァを呼んだ。彼女たちは私が起きあがるのを手伝ってくれた。私のお腹はとんでもないことになっていた。ふと、私は自分の中にいのちが戻ってくるのを感じた。血液が循環し、肺が呼吸し、心臓が脈打っていることに改めて気づいたみたいだった。私はいのちの中にいた。唾液が口の中に戻っていた。まぶたの焼けるような痛みが治まっていた。涙腺が乾ききってしまうと、目は焼けるように痛むのだ。私の耳はまた聴こえるようになっていた。私は生きていた。

　カルメンがバケツを返しにいくあいだに、ヴィヴァが他の女たちのところに私を送っていってくれた。口が潤いを取り戻すにつれ、視界が開けていった。頭も前みたいに軽くなった。

頭をまっすぐ上げておくことができるようになった。リュリュが心配そうに私に目をやり、巨大なお腹を凝視しているのが見え、ヴィヴァにこう言っているのが聴こえた。「彼女にあんなに飲ませちゃいけなかったんじゃないの」。私は口の中に唾液が湧いてくるのを感じていた。言葉が私に戻ってくるのを感じていた。唇を動かすのはまだ難しかった。でも私はやっとしゃべることができた。まだ舌がもつれてほとんど滑らかに動かなかったから奇妙な声ではあったけれど、やっとこう言うことができた。「もうのどは渇いてない」――「ともかくどう、美味しい水だった？」誰かが尋ねた。返す言葉がなかった。水の味はわからなかったから。私は飲んだだけだった。

「明日もここに戻れるよう頑張りましょ」とリュリュが言った――「今晩もパンを取っておかないとね」とセシル[19]が付け加えた。

翌日は点呼のあとのドタバタに紛れて、私たちは苗を育てている畑の労働部隊（コマンド）に潜りこむことができなかった。もうどうでもよかった。私の渇きは癒されていたのだ。

「のどが渇いた」と言う人たちがいる。彼らはカフェに入り、ビールを一杯注文する。

イヴォンヌ・ピカールは死んだ
あんなにきれいな胸をしていたのに。
イヴォンヌ・ブレックは死んだ
アーモンド形の目を
あんなに雄弁な手をしていたのに。
ムネットは死んだ
あんなにきれいな顔色で
とっても食いしん坊の口で
あんなに澄んだ声で笑ったのに。
オロールは死んだ
藤色の目をしていた。

あんなにたくさんの美しさ　あんなにたくさんの若さ
あんなにたくさんの情熱　あんなにたくさんの約束……
どの女たちにもローマ時代の勇気があった。

そしてイヴェットも死んだ
きれいでも何でもなかったが
他の誰より勇敢だった。
それからあなた　ヴィヴァも
それから私　シャルロットも
遠からず私たちは死ぬだろう
もう何もよいものを持っていない私たちは。

小川

おかしなことに、私はあの日のことを何も覚えていない。小川のこと以外何も。どの一日も似たり寄ったりだったから、その単調さに亀裂が入るのは、重い懲罰や大人数の点呼があるときくらいだった。どの一日も似たり寄ったりだったから、確実なことは私たちに点呼があり、点呼のあと労働に向かう隊列ができ、用心深く自分のグループの女たちと同じ隊列に潜りこみ、さらに長いこと待ったあと、この隊列が門を越え、通過する列の数を哨舎のＳＳが数えただろうということだけだった。でもそのあとは？　隊列は右に曲がったのか、左に曲がったのか。右に進んで沼地に行ったのか、左に進んで解体現場や倉庫に行ったのか。私たちはどのくらいの時間歩いたのか。わからない。どんな仕事をしたのか。それもわからない。隊長の女のことは覚えている、彼女の思い出は小川と密接に結びついているから。ドイツ人政治犯で、息も継がずにがなりたてている女だった。この女のよく吠えたこと……。彼女ははっきりした理由もなく唸り、興奮して怒鳴りちらし、頭や手や棍棒ででたらめに殴りつけ、それから——理解も実行もできない命令の数々を——終始がなりたてつづけて興奮が冷め、さらに私たちに、行進しながら歌えと命じた。彼女は元社会主義者で、ヒトラーの台頭以降、ありとあらゆる収容所と監獄をたらいまわしにされた挙句にビルケナウ[20]に到着し、すでに投獄されてから七～八年は経っていると言われていた。気が触れるには十分な年月だった。きっと彼女は周囲の目を欺き、カポの地位で甘い蜜を吸うために、怒鳴ることが癖になっていたのだろう。とはいえ棍棒を振りまわすとき、彼女はほとんどの場合、ねらいを外して叩いた。ともかくも私たちが殴打から身をかわす余地を残してくれた。この日何の仕事をしたのか、私はもう本当に思い出すことができない。小川のことだけは覚えている。小川の思い出がこの日のそれ以外の印象を全て消してしまったのだ。記憶を辿るためには、じっくり考えてみなければならない。

四月の初めだったから——これは計算すればわかることで、この日は到着から六十七日目で、私たちが到着したのは一月二十七日だった——私たちのうち七十人がまだ生きていた[21]。これも私が当時した計算で、このことに関する私の記憶はかなり正確だ。といってもこの日、七十人全員で小川にいたわけではなかったはずだ、生き残っていた者たちの大半が、チフスに罹って医務室（レヴィール）にいたから。イヴォンヌ・ピカールはもう死んでいた、イヴォンヌ・ブレックも。ヴィヴァはまだ生きていた。彼女が死んだのは七月になってからだ。つまり私はいつもの小グループで一緒にいたことになる——ヴィヴァ、カルメン、リュリュ、マド[22]。彼女たちもチフスに罹って医務室（レヴィール）に入ったけど、それはもっとあとのことだ。四月の時点では、私たちはいつも五人揃って収容所の中にいた。いつも一緒に労働に出かけた。いつも一緒に点呼に出て、いつも五人みんなで腕を貸しあって歩いた。だからその日も私が彼女たちと一緒にいたことは間違いない。私たちが働いたことのあるどの場所を思い浮かべても彼女たちの姿がくっきり目に浮かぶのに、その小川の日だけは、隣にいる彼女たちの姿がちっとも見えない。沼地を耕していたときも、溝を掘りすすめていたときも、トラーグと呼ばれる運搬台で凍った土やぬかるんだ土のかたまりを運んでいたときも、レンガを運んだり、砂利を積んだトロッコを押したり、取り壊した家を片付けていたときも、彼女たちの仕草がありありと目に浮かぶのに、その日の彼女たちの姿だけは何も見えない。この小川の近くで私たちがどんな仕事をさせられたのかも、全然わからない。小川しか見えない。私の思い出の中には、どれほど記憶を掘りおこしても、小川があり、私がいるだけだ。それは間違いだ、絶対に間違っている。あそこでは独房に放りこまれでもしないかぎり誰も絶対に一人になることはなかったし、独房に隔離されていた人など一人も知らない。私たちのうちでは一人も、という意味だ。

ただ他に誰もいないという理由で、半分気の触れたドイツ人女カポに率いられた隊列は、仕事場に着いた。カポの女は隊列の人数を数えた——たぶん、いつもと同じなら——私たちは道具を手に取った。でもどの道具を、何をするために？　私たちは仕事に取りかかった。鋤で？　スコップで？　あるいは線路かレンガかを素手で？　その日の陽射ししか思い出せない、この陽射しの思い出は小川の思い出に結びついているから。昼食休憩を告げるホイッスルの合図があり――いつもと同じなら――整列し、スープのドラム缶の前に並んだ。私たちはそのスープを立って飲んだのか、座って飲んだのか。さあ。たぶん座ってだろう、天気がよかったから。でも何の上に座ったのか。解体現場で働いていたとすれば、私たちは古い扉か古い床板を見つけて座っていたはずだ。天気はよかったものの、原っぱに腰を下ろせるほど暖かくはなかった。そもそも草は生えていただろうか？　おそらく生えていただろう、小川の近くだったから。ならば畑にいたに違いない。スープを飲んだあと――ここの記憶はかなり正確だ――カポの女が叫んだ。「今なら、行きたきゃ小川に体を洗いにいっていいぞ」。私の記憶に間違いはない。でも誰と一緒に小川に向かったのかは思い浮かばない。一人で向かったということはありそうもない。私は誰と一緒にいたのか。本当にわからない。私たちはいつも少なくとも二人ずつ、絶対に離れることのない二人組でいた。きっと私たちは五人揃って一緒におしゃべりしながら小川に向かったのだ、私たちはいつもおしゃべりしていたから。私には他の人たちが見えない、いつも私が歩くのを助けてくれたヴィヴァの姿が見えない。目に浮かぶのは小川のほとりにたった一人で下りていく自分の姿だけだ。四月のことだった。私は正確な日付を言おうと思えば言えるはずで、それはこの日が私たちの到着から六十七日目だったから、一月二十七日水曜日に到着してからせめて日付くらいは覚えておこうと、私たちがそうやって心を砕いて日付を数えていたからだ。日付？　何の日付か。金曜であれ土曜であれ、あれやこれやの記念日であれ、日付など何になるというのか。覚えておかなければならなかった日付は、イヴォンヌの命日やシュザンヌの命日、ロゼットやマルセルの命日だった。私たちはいつだって、いつか帰還して誰かに尋ねられたら、「あの人は何月何日に死んだ」と答えられるようにしておきたかったのだ。だからこそ私たちは几帳面に日にちを数えつづけていた。計算に食い違いが生じると私たちは長いこと話しあった。そんなことがありつつも、私たちの計算は正確だったように思う。私たちはしょっちゅうこんなふうに確認していたから――「違うわ、あの犬たち、あれは一昨日のことよ、昨日じゃない」。日曜日には、隊列は収容所の外に出かけなかった。それが一つの目印になっていたので、私たちは日にちの手がかりを失くしてしまったときにも計算をやりなおすことができた。

私は小川のほとりに着いた。小川の水が再び動きだしてまもない頃だった。私たちがこの小川の水を見たのはそれが初めてだったのではないかとさえ思う。たぶんそのときまでは小川の水が凍っていたので気にもしなかったのだ。そうでなければ、何週間もずっとのどがからからに渇いていた私は、その水を見ていたはずだ。小川は草の生い茂る両岸のあいだで、砂利の上を流れていた。そうだ、今私はこの草っぱらのことを思い出した。そこかしこに生えた鬱陶しい雑草と、すでに芽吹いた一本の灌木のことを。

今思えば驚くべきことに、空気は軽やかで澄んでいたのに全く何のにおいもしなかった。ということは焼却炉からはそこそこ離れていたはずだ。もしくはその日は風が反対側に向かって吹いていたのだろう。ともかく、焼却炉の臭いはもうしなかった。そう、驚くべきことに、空気には春の匂いもちっともしなかった。それでも木が芽吹き、草が生え、水があったのだから、何か匂いがあったに違いない。でも、思い出してみてもどんなにおいもしない。本当に、ワンピースをめくりあげたときの自分の体臭でさえ思い出せないのだ。このことからわかるのは、私たち自身の悪臭のせいで私の鼻が詰まっていて、もう全く鼻が利かなくなっていたということだ。

私は用心して小川のほとりに下りていき、一秒たりとも時間を無駄にしないために、どんなふうに体を入れ、どんな身振りに合わせて体のどこを動かせばいいか考えた。休憩時間は短かったので、最も効率のいい時間の使い方を考えなければならなかった。土手は滑りやすくはなかったものの、靴を濡らす危険を冒したくはなかった。靴が初めて乾いてから本当にまもない頃だったのだ。ということは、この小川は沼地の中にあったのではないということだ。沼地は四月になると氷が溶けだし、もはや泥畑でしかなかったから。それに私は草が生えていたことを今ではもはっきりと思い出せる。沼地に草はなかった。

すっかり水に足を浸して顔を洗ったほうがいい、そうすれば、そのあとすぐに足も洗えるだろうと私はもくろんだ。そのために土手の草地に座って靴を脱ぎ、念のためそれをジャケットの下に置いた。ということは、ヴィヴァも私のグループの誰も、すぐ近くにはいなかったということでもある。いたら私たちは靴を一緒に置いていたはずだ。私はすでにジャケットを脱いでいて――顔と耳を洗うために――スカーフを外していたものの、首と腕を洗うためにワンピースを脱ごうとまでは思わなかった。辺りは明るく太陽も出ていたけれど、まだ暖かいとはいえなかった。靴とジャケットとスカーフを並べたあと、ストッキングを脱いだ。到着してから一度も、六十七日間ずっと、このストッキングを脱いだことはなかった。裏返しながら脚から引き剝がす。足の爪先に、何かが引っかかった感じがした。ストッキングが貼りついていたのだ。少し強く引っぱるとストッキングは裏返って脱げ、先っぽにおかしな模様が現れた。私は実に奇妙なこの模様をまじまじと見つめた。足のほうもよくよく見てみた。足は垢で黒ずみ、爪先は特に黒い、というよりむしろ紫がかっている。足の指には乾いた厚みがあり、この足指は奇妙に変装していた。両足の親指を除いて、爪が全部剝がれていたのだ。ストッキングにできた奇妙な模様は、剝がれてストッキングに貼りついた足の爪なのだった。もちろん私にはその詳細を吟味している暇はなかった。体を洗うために一分たりとも無駄にはできなかったからだ。あとになって気づいたのは、足の爪は凍っていたに違いないということだ。あるいは、私がこの驚くべき出来事を物語ったときに、他の人がそう説明してくれたんだったか。ストッキングに象眼（ぞうがん）された足の爪を鑑賞することになるなんて、本当にびっくりである。

顔、足先、脛はどうだろう。お尻も洗わなければ。私はショーツを脱ぎ、積んであるジャケットとスカーフと靴の上に置いた。私のショーツはかなり臭かったに違いない。六十七日間で、完全にショーツを脱いだのも初めてだった。でも臭わない、本当に、何も臭わなかった。不思議なものだ、嗅覚というものは。帰還してから長いあいだずっと、私は毎日最低二回は入浴し――本当に狂ったように――いい石鹸で体をこすっていた。帰還してから何週間も、私の体からは収容所の臭い、液体肥料と腐乱死体の臭いが消えなかった。なのにその日、小川のそばで、乾いた下痢で糊のきいたショーツ――雑草が生えだす時期より前にトイレットペーパーか何かがあったとお思いだろうか……――を脱いでも、私はその臭いに吐き気を催しはしなかった。

私は川の水に下りた。水が冷たくて体がぶるっと震えた。水はかろうじてくるぶしの辺りが浸かるくらいだったが、目を見張るような感触、皮膚に水が触れる感触があった。

さあ、どこから始めよう。顔かお尻？　さっと、両手いっぱいに水をすくい、襟のボタンを外したワンピースが濡れないように、体をしっかりと前に傾けて、顔に水をかける。最初は軽く、というのも水が顔に触れる感触はあまりに未知のもので、あまりに素晴らしかったから。とはいえすぐに我に返った。もたもたしている暇はない、私はごしごしと体をこすりはじめ、特に耳の後ろを強くこすった。どうして世の母親たちは耳を洗うよう、くどくど言うのか。耳は他の部位よりことさらに汚いものでもないのに。

肌のすみずみまでピカピカにしようとしながら、私に一体何が考えられただろう。到着した日に浴びた最後のシャワーのこと？　髪を剃られたあと、私たちはシャワー室に通された。

そのとき私はまだ自分の石鹸とタオルを持っていた。残りのものは、そのバラックに入るとき、鞄ごと置いていかなければならなかったのだ。服を全部脱げ、荷物は一つ残らず鞄に置いていけと命じられたとき、私は小瓶の香水をのど元に余すところなく振りかけた。それは女友達が送ってくれた小包み、出発前に私が受けとった最後の小包みの一つに滑りこませてくれたものだった。出発のときまで、私はこの香水をけちけちと使い、時には香水瓶の蓋を開け、夜寝る前にその芳香を吸いこむだけで満足するほどだった。他の女たちのど真ん中で素っ裸になって、私はこの香水瓶をやさしく見つめた——ルロンの〈誇り（オルギュイユ）〉[23]、何て美しい香水の名だろう、こんな日に——私は〈誇り〉の全てをゆっくりと乳房の谷間に注いだ。そのあとはシャワーだったけれど残り香を長持ちさせたかったので、香水を振りかけたところを石鹸で洗い流してしまわないように気をつけた。その残り香がさほど長持ちしたとは思えない。ついさっき言ったように、私たちの嗅覚がすぐに鈍ってしまったことも本当だ。私は念入りに体を洗いはじめたものの、カポの女がさっさとしろと怒鳴って、水も止まってしまった。蒸気乾燥室[24]に入ると、すでにヴィヴァやイヴォンヌや他の女たちがいて、なかば体をすすぎおえていた。私が入るとみんなが笑いだした。私たちのあいだで沸きおこった最後の笑い。「あんた、何ていい香りなの！」と一人が言った。「ちょっとでいいから横に座らせて。いい香りなんて、私たちもう吸えなくなるでしょうし」。それはトゥーレーヌ地方出身の女だったはずだ[25]。彼女はとてもいい表現をしていた。「香りを吸う（Humerons）」、その単語はそれを発音した女の声とともに私の記憶に残っているのに、それが誰だったのか私にはもうわからず、もうその顔を見ることも叶わない。

だからあの日、あの小川で、私はこの最後のシャワーのことを考えていてもよかったはずで、ぬるくて心地よい水を浴びたときに感じたであろう喜びを思い出していてもよかったはずだった。でなければ、到着してから一度も水で顔を洗うことなく死んでいった女たちみんなのことを。でも、そういうことは全部、あとから付け加えられた記憶にすぎない。私は何も考えてはいなかった、小川のこと以外は何も。私が集中して考えていたことといえば、どうやって体を洗うべきか、どうやったら一番きれいに一番手早く垢を落とせるかということだけだった。私は手早くごしごしとこすったが、幸い、その成果を測るすべもなかった。あったらやる気を失くしていただろう。顔はもういい、時間がない。あそこで、ほんの少しでもいいから時間を延ばしてほしいと願ったのはその一度きりだ。だから顔はここまでと見切りをつけなければならなかった。それからワンピースをまくりあげ、ウエストの辺りで丸めて肘で押さえ、水の上に身を屈めた。足が凍えはじめていたので、水底の砂利に足をこすりつけようとした。でもすぐにあきらめた、バランスを崩したからだ。ワンピースを持ちあげても、がりがりに痩せた腰にどれくらい骨が突きだしているか、指先ではほとんどわからなかった。あまりに急いでいたので、そんなことを気にしている暇はなかったのだ。私は手のひらでまた水をすくい、体をこすりはじめた。到着したときに剃られた陰毛はもう伸びていた。全体に下痢がこびりついていたのでほとんど梳かせなかった。その毛を本来の長さと本来の巻き毛に戻せたら本当にきれいになったと感じられたのだろうけど、そのためには何時間も水に浸していなければならなかっただろう。こすってこすって、引っ掻き傷ができるほどになっても、望んだほどきれいにはならなかった。うんざりだった。それにこの水の冷たかったこと！　お腹が凍るようだった。もう潮時だ、別の部分に取りかかろう。もっとも、垢で黒ずんだ腿や脛や足先を見て、どれくらいこすりとれたかがわかったわけではない。私の足は透明な水の中にしばらく浸っていたものの、代わり映えのしない色をしていた。

　顔や尻をどうやって洗うかはじっくり考えたものの、砂を一握り摑んで石鹸代わりに使う決心まではつかなかった。腿や脛は皮膚が他のところより硬い。濡れた土を手にいっぱい摑んで、私は右の腿から、ちょうど膝上までこすりはじめた。皮膚は少し明るくなり、赤くなった。そう、本当に、肌が明るくなったように見えた。力いっぱい、とりわけ膝をこすった。血がポタポタと滴るのが見えたので、こする場所を変えなければならなくなった。ごしごし強くこすりすぎていたし、砂利もかなり大きかった。もう片方の膝をこすろうとしたとき、カポの女がホイッスルで合図した。整列！　休憩が終わった。急いでショーツを再び身に着け、雑草で足を拭いてストッキングと靴をはきなおした。ジャケットとスカーフをひっつかみ、隊列に合流した。つまりはそういうことが起きたに違いないということだ、私は何も覚えていないから。私は小川のことしか覚えていない。

私がヴィヴァに会えるのはこれが最後だ。私は死についてあまりに正確な知識を持っているので、ヴィヴァが何時に死ぬことになるか言い当てることさえできそうだ。明日の朝になる前。

私がビルケナウの医務室（レヴィール）にいるヴィヴァに会いにこられるのはこれが最後だ。あそこに再び足を向ける勇気が持てるのは、それがヴィヴァのためだからに他ならない。

私がヴィヴァに会えるのはこれが最後だ。

その巻き毛がなければ、私は彼女がわからなかったに違いない。何て髪が伸びたんだろう！　こんなに長いあいだ苦しんだのか、ヴィヴァは。

彼女はそこにいる、すでに生気を失くし、剝きだしの板の上にいる。悪臭を放つその板は、彼女の皮膚を削ぎ、肩先の骨を剝きだしにしている。彼女はきれいな肩をしていたのに、ヴィヴァは。

髪の毛がなければ、私は彼女がわからなかったに違いない。上顎に貼りつく皮膚、眼窩に貼りつく皮膚、頬骨に貼りつく皮膚。ヴィヴァの顔には死相が現れている。それは肌を繊細にするのだ、死は。繊細に張りつめさせ、異様なほど透きとおらせる。

私はやさしく呼びかける――「ヴィヴァ」。ヴィヴァにはもう私の声が聴こえない、もう私の顔が見えない。その手を握っても何も応えず、ほんのわずかな身震いさえもしない。彼女の手は冷たい。死はすでにその手を捕まえている。彼女の脈は遠い、遠い。死は彼女の手から目に上がるだろう。明日の朝までに。

明日の朝、点呼に並ぶ隊列の前を、ヴィヴァは小さな担架に乗せられて通るだろう。その両足は担架からはみだし、頭は小さな担架の柄のあいだにぶらさがる。そうしてきっと、点呼の列に立つ女たちの一人、自分がその小さな担架に乗せられる順番がすでに登録されていることを知っている、おそらくはそのうちの一人が、ヴィヴァの美しい黒い巻き毛を見て言うだろう。「長くもったほうよ、あの人は」。一冬のあいだずっと、一春のあいだずっと。

確かに、彼女は長いあいだ闘ってきたことになる、ヴィヴァは。長いあいだ私を助けてきたことになる。

私がヴィヴァに会えるのはこれが最後だ。

涙の一粒も流れなかった。長いあいだ、長いあいだずっと、私はもう泣いていない。

リリー

「リリーはいないの？　リリーはどこ？」尋ねていたのは、午前中を畑で過ごした女たちだ。

他の女たちがエヴァを顎で指しながら、彼女たちに声を落とすよう合図した。

「あいつらがラボにリリーを捜しにきたのよ」

「奴ら二人だった」

「それでも彼女のスープ取る？」

「もう彼女のいとこが取ったわ」。

エヴァは座っていた。食事をしていた。何も見ていなかった。私たちも彼女を見ないようにしていた。彼女の隣のリリーの席は空いていた。スツール、テーブルの剝きだしの木材、冷えきったスープの入ったお椀。リリーの分もよそってあった。お椀の中ですでに固まったスープに目を向ける者はいなかった。落ち着いて食事しているエヴァ、たぶんいつもより冷静に食事している彼女に目を向ける者はいなかった。

みんながもう食べおわっていた。食器を片付けていた。リリーとエヴァのテーブルにお椀を集めにいった女は、リリーの席を飛ばして、冷めたスープに目をつぶり、置きっぱなしにした。

ホイッスルの合図に食堂を出た。仕事に戻るための隊列ができた。エヴァに近づく者はなく、話しかける者もなかった。彼女に話しかけることは、不幸に陥った人に同情している証の一つであるように思えたから。

その朝、二人のSSがリリーを捜しにきた。彼女は天秤の前に立っていた。カップに入れた土の重さを量り、それぞれのカップの重さを用紙に記入していたのだ。SSたちは部屋の戸口で声を張りあげ、彼女の名を呼んだ。彼女は計量をやめたものの、まだ数字を記入しながら尋ねた。「私ですか?」とドイツ語で。リリーはドイツ語が得意だったから。

「来い!」(コメ)とSSの一人が言った。

「今ですか?」

「そうだ。急げ!」(ヤー シュネル)

そうだ、おまえだ、急げ。リリーは白衣を脱いだ。仲間の一人が脱ぐのを手助けした。背中にボタンのついた実験助手用の白衣だった。朝には背中に並ぶボタンを全て留めるため、晩には全て外すために、仲間同士助けあう必要があった。リリーは白衣を脱いだ。下に着ていた彼女の縞模様のワンピースは清潔でサイズもぴったりだったが、少しだけ短くもあった。

リリーは二十歳だった。彼女のおしゃれは捕囚生活にそぐわぬものだった。縞模様のワンピースをカットしなおしていたのだ。

SSたちは急かしていたものの、手荒なまねは少しもしなかった。何もかもが科学的で複雑に見えるラボの中に入り、白衣を着たこの化学者たちが、正確な手つきで静かに真面目な雰囲気で働いているのを見て、圧倒されていたのだ。リリーは焦らなかった。ドイツ語を話せるので、彼女はSSに、どこに、何故自分を連れていくのか、と尋ねる。SSの一人がジャケットの小さな外ポケットから折りたたんだ紙きれを取りだし、もう一人のほうを見て（「言ってもいいか？」と）同意を求めてから答える——「ポリティッシェ・アプタイルング」（政治局のこと。警察・ゲシュタポを意味した）。リリーはトイレに行くという口実で、隣の部屋で絵を描いているいとこに知らせにいく。エヴァはすでに知らされていた。化学者の女の一人が、計算された身振りと歩き方で、エヴァの仕事場に試験管を届けていたのだ。だからエヴァは知っていて自問していた。どうしてリリーが警察に呼ばれたの？　みんながみんな自問していた。

リリーは手短に別れを告げて去っていく。私たちは窓から、二人のSSに挟まれて背筋を伸ばした彼女が去っていくのを見守る。彼女はワンピースを着ていた。夏だった。夏には上着を着ない。道路には陽射しが降りそそいでいた。私たちは、二人のSSに挟まれて背筋を伸ばした彼女の姿が見えなくなるまで、その姿を見送る。何故自分が呼ばれたのか、たぶん知っている彼女の姿を。私たちのほうは知らなかったので自問していた。警察に呼ばれるなんてよっぽどのことだ。でも本当のところ、どんな理由で誰かが警察に呼ばれることがあるのか、私たちは知らなかった。そんなことはリリーが初めてだったのだ。

私たちは彼女が二人のSSに挟まれて歩いていくのを見ていた。　彼女の艶めく黒髪、少し前に剃られたばかりの髪（リリーはユダヤ人だった。ユダヤ人の女たちは頻繁に頭を剃られていた)、犬の輝く毛並みのように、伸びかけの艶めく黒髪を見つめていた。その髪はうなじにかかるくらいに伸び、頭頂部の髪とうなじの髪が同じくらいの長さまで伸びていた。リリーはうなじの髪を残したままにしていて、髪の毛を切り揃えてはいなかった。何度も髪を剃られていると、首をすっきりさせるためであっても、もう絶対に髪を切りたくないと思うものなのだ。

リリーは二人のSSに挟まれて歩いていた。たぶん彼女は知っていた。知らないのは二人のSSのほうだった。

順番に、相変わらず小皿か試験管を手に持った私たちは、自分のデッサン机にいるエヴァを見にいった。エヴァの描くデッサンはとてもきれいだった。水彩絵の具で彩色された板には、色とりどりの木の葉や花々、色とりどりの根が描かれ、それぞれの特徴が小さな矢印で示された板の隅のほうに、中国製のインクで細かく説明を書きこまれていた。ヘル・ドクトルと呼ばれているラボの親衛隊長がいないとき、エヴァは本物の花々や本物の草木、鳥たちや家々を描いたものだった。肖像画を描くこともあった。あとになって、誰もがその日こう考えていたことを思い出した――エヴァがリリーの肖像画を一枚描いていてよかった、と。でもその日、私たちは知っていたわけではなかった。

　正午になってもリリーは戻ってこなかった。晩になっても。私たちは仲間うちでこう言いあった。「あいつら彼女を尋問してるのよ」。尋問は長く続くのだ。誰も心の奥で思っていることを口にはしなかった。それをあえて口には出さず、そんなことを考えてしまう自分を責めていた。だからこそ考えないためによくしゃべり、あれこれ憶測を口にしたのだ。エヴァが姿を現すなり、私たちは口を噤んだ。エヴァは今や前よりもさらに独りぼっちでいたが、それはリリーがもういないからというだけではなかった。とはいえ、どうやってエヴァに話しかければよかったのか。リリーの名を口にするのを避ければ不自然だし、口にすれば彼女の不安な気持ちを表面化させてしまう、エヴァも見たところ平静でいるようだし、どうしてわざわざ心配させるようなことができるだろう。私たちには、そんな口実を自分に与えているのが臆病さだということもわかっていた。エヴァだって平静でいることなどできなかったのだ。あとになって聞いたことだが、最初の夜、エヴァは眠れなかった。彼女のベッドとリリーのベッドは共同大寝室の中で隣りあっていた。エヴァは耳をそばだてて待っていたのだ。夜のざわめきの中で、尋問が終わってSSがリリーを連れ帰る足音が聴こえるのを待ち望んでいた。二日目の夜も眠れなかったが、リリーが戻ってくる音を聞けるという望みはもう潰えていた。

　翌朝も私たちはまだエヴァを避けていた。正午になってもリリーの席は空いたままだったが、彼女のお椀にはもうスープがよそられなかった。彼女のスープを温かいまま取っておくほうがよかった。

　……私のテーブルからは、リリーの後ろ姿が見えたものだ。ワンピースの襟元で、犬の毛並みのようにつやつやした黒髪の茂るうなじ。彼女がそこにおらず、スツールも空席なのに、私には彼女がその席に座っているような気がした――勤勉な背中、親から床屋に行くための小銭をもらいそこねた少年のようなうなじ、田舎の子どもたちのように斜めに伸びたつやつやでまっすぐな髪の毛で。

　私たちが知ったのはようやく三日目のことだった。みんなでエヴァのところに行った。私たちは彼女を抱きしめた。かける言葉が見つからなかった。エヴァは涙を見せなかった。やつれた顔をして、以前よりもさらに追い詰められたまなざしをしていた。リリーは彼女に残された唯一の肉親だった。エヴァの家族はガスで皆殺しにされていた。スロヴァキアの小村が丸ごとガス室で殲滅されていた。それから、他の女たちはテーブルに着くとき席の間隔を空けた。そのスツールを撤去して、リリーがいなくなったことがこれ以上目につかないようにした。

　私たちは今では知っていた。どうやってそれを知ったのか。およそ口に出すことはできない。なるほど男たちからではあるだろう。ともかくもエヴァから聞いたのではない。エヴァは誰にも何も言わなかった。彼女はもう誰に対してもリリーの話をすることはなかった。誰も何も決して口にすることなく、みんなが知っていた。

私たちが働いていたのは巨大な収容所から何キロか離れたラボだった。ある日、ドイツ人の学者たちは、彼らがウクライナで見たロシアタンポポ（kok-saghyz）を研究してポーランドに根づかせようと決めた。それは根にラテックスを含むタンポポ属の一種で、ロシア人たちは産業的に栽培してパラゴムから採取されるゴムに匹敵する量のゴムを採っていた。このことにドイツ人たちは興味をもった。征服地でゴムの栽培をしようとして、ロシアからその種子嚢を持ってきたのだ。彼らはアウシュヴィッツに研究拠点を置くために、化学者、生物学者、植物学者、農学者、翻訳家、挿絵画家、実験助手を必要とし、こうした職業に精通した女たちを死の収容所・ビルケナウから引き抜いた。こうして何十人かの——百人には満たない——女たちのいのちが救われた。

私たちはここで快適に過ごしていた。体を洗うことができ、清潔なワンピースを着ることができ、安全な場所で労働することができたからだ。ロシアタンポポの栽培は一九四八年になるまで成果が出なかったが、そのときすでに戦争は終わっていることになる。収容所から遠く離れていたために、私たちはもう臭いを感じなかった。焼却炉から立ち昇る煙が見えただけだ。時には火が強すぎて、煙突から空にまで猛火が噴きだしたこともあった。晩になると、溶鉱炉の赤々とした輝きが地平線を染めた。私たちはそれが溶鉱炉ではないことを知っていた。それは焼却炉の煙突で、燃やされているのは人々なのだった。快適でいることは難しいことだった、昼も夜も燃やされていくこれら全ての——数知れぬ——人々のことを、昼も夜も考えないでいることは。

ラボの周囲には庭園があり、囚人たち——男たちの労働部隊（コマンド）——がSSたちのために花々や野菜を栽培していた。婚礼や葬儀のための花々。この庭師たちが花束や花輪を用意するということは、とあるSSが結婚したり、とあるSSが死んだりしているということだった。SSたちの中にもチフスで死ぬ者たちがいた。

男たち、その庭師たちは、毎朝男性収容所から庭園に働きにきていた。私たちが彼らと会話することは禁じられていた。がもちろん、私たちは彼らと話していた。温室の後ろで植木鉢を動かしながら、私たちの種に水をやりながら（ロシアタンポポの実験栽培は私たちの労働部隊（コマンド）であるラボの管轄にあったので）、私たちは男たちとうまく話すことができた。彼らは私たちにニュースを伝えてくれた。男たちのほうが私たちよりもニュースを得るためにうまく組織化されていたのだ。私たちの中には彼らの中に友達のいる女たちがいて、婚約者がいる者さえいた。リリーのように。彼女の婚約者はポーランド人だった。彼らはまなざしで言葉を交わし、婚約した。その男が植物の上に腰をかがめているときのことだ。見つめあうこともなく、しゃべっている素振りさえ見せずに——SSは急にやってきて不意を突くことがあったから——言葉を交わして、二人は婚約した。リリーがおしゃれしていたのは彼のため、婚約者のためだった。ロシアタンポポの根を入れたカゴを腕にかけ、どこかに運ぶふりしてラボの外に出るとき、窓から婚約者が来るのを待ちかまえ、ちょうど通り道にある窓の框の近くに彼がひざまずいているのを見つめてから庭園に出るとき、リリーは、のどのところにいつもは折りこんで隠しているワンピースの白い襟を外に出しておくのだった。縞模様のワンピースに白い襟をつけることは禁止されていた。襟を作るために布の端切れや糸、針を手に入れることも、難しく厄介な企てだった。でも男性収容所にある縫製工場——そこでは女囚たちがSSのために働いていた——と、庭仕事の労働部隊が関係を築いていたラボとのあいだには、うまくネットワークができていた。

　婚約者はリリーに何か——彼に配給された煙草や盗んだキュウリ一本——を渡すとき、それを井戸の近くのカボチャの葉の下に隠した。彼はそこに小さなメモを添え、リリーは婚約者が置いたものを拾ってロシアタンポポの根と一緒にカゴに滑りこませ、自分もカボチャの葉の下にメモを置き、あとから婚約者に拾いにきてもらっていた。男たちに手紙を書くことは禁じられていた、書くこと一般が禁じられていた。それなら、どうやって話をするというのか、どうやって言葉を交わしあうというのか。根を入れたカゴを腕に提げて何度も何度も通うことによって——カゴはいつも同じ植物の根でいっぱいで、男たちと言葉を交わしにいく女たちはみんなそれを持っていき、帰りは他の女のためにラボの扉の後ろにカゴを戻した。

そのためにこそリリーは手紙を書いた。夜の時間は手紙を書いて過ごした。そして毎晩、手紙を書きながら幸せな気持ちになった。

その日、リリーの婚約者は来なかった。別の労働部隊（コマンド）に送られてしまったのだ。彼は仲間の一人に、どこでリリーの手紙を見つけられるか説明した。その晩、労働から帰り、収容所の入り口の門——上部に「労働は自由を生みだす[26]」とスローガンの掲げられたその門——を越えたとき、その仲間は小さく折りたたまれたリリーのメモを失くしてしまった。ズボンから落としてしまったのだ——ポケットではなく、というのも私たちはポケットの中には絶対に何も入れないようにしていたから。荷物検査がいつでもポケットの中から始まるのはわかりきっていた。ＳＳの一人が紙きれを拾い、その仲間を呼びつけ、政治局（ポリティッシェ）で尋問を行った。彼はそのメモが自分宛てだと言い張った。よし。それなら署名した女、リリーって誰だ？彼はその問いに答えようとはしなかった。何度も何度も殴られた。リリーという女をラボで捜すのは、警察には容易いことだった。それでも彼らは彼を殴った。それから男たち全員がキッチン前の収容所広場に集められた。司令官は「リリー」という女の手紙を受けとったその男が銃殺されることになると告げた。彼らは手紙の中で政治的指令を伝えあっていたというのだ——何故なら、ゲシュタポにとってはあらゆる言葉が暗号であり、愛の言葉は無理やり政治的指令に翻訳されたから。そのときリリーの婚約者が、自分の身代わりに仲間が銃殺されぬよう、隊列の外に進みでた。二人の男は独房に留置された。翌日、二人のＳＳがリリーを捜しにきた。彼女は二人のＳＳに挟まれ、陽射しの降りそそぐ路上を立ち去った。もしかすると知りながら、もしかすると気づかずに。そして、三人全員が銃殺された。

リリーが婚約者に宛てた手紙の中にはこんな言葉があった。「私たちはいのちと樹液が満ちあふれる植物のようにここにいます、背を伸ばし生きたいと願う植物のように。そしてどう考えても、この植物は生きるのを禁じられているのです」。

このことを私たちに伝えたのは、政治局(ポリティッシェ)で働いていた男たちの一人だった。

ぬいぐるみのクマ

ポーランド人の女たちは、エンドウマメは欠かすまいと心に決めていた。一人一カップ。ロシア人少女たちがちょうど収穫物の袋詰めをしていて、彼女たちからエンドウマメを買うのは容易いことだった。晩に帰ると、少女たちは隠していた乾燥エンドウマメを靴から取りだしたものだ――みんなあそこではぶかぶかの靴を履いていた。パン一切れと引き換えに、カップいっぱいのエンドウマメ。

とくれば、エンドウマメのキャベツ和えだ。フランス人の女たちは半信半疑だった……。だがポーランド人庭師の男がキャベツをくれた。ならばお次はジャガイモのソース煮込みだろう。ジャガイモならキッチンで盗めるはずだ。赤ビーツでも見つかれば、まずはボルシチ作りから始められるのに。ボルシチのレシピを聞くと、なんて美味しそうなんだろう、特にクリームと合わせたら。でも、どんなに探しても、どんな悪知恵を働かせても、クリームなんて見つかりっこない。

各自の負担はさらにタマネギ二つ分と決められた――これもロシア人少女たちから買わな

ければならなかった（つまり配給のパンからさらに代金を支払わなければならなかった）——マーガリン一かけ、ヌードル一包み、角砂糖二つ。ポーランド人の女たちは、小包みでケシの実を受けとったら提供すると請けおってくれた。彼女たちの小包みは私たちのよりも定期的に届いていたのだ。[27] クリスマスディナーにはケシの実ヌードルが欠かせなかった。

　ハンカは何でも集めてきた。それは責任の重い仕事だった。荷物検査があれば食糧を発見され没収される危険があるうえに、労働部隊（コマンド）全体に懲罰が課せられることになっていた。でもハンカは収容所に来てもう四年だった。彼女は何事にも抜かりなかった。

　大事なのは伝統的なイブの夜を祝うことだ。ポーランドのクリスマスイブ。[28] というのもポーランド人女性が一番多かったから。ロシア人女性もたくさんいたけれど、彼女たちは招待されていなかった。

　十一月は靄がかかっていた。太陽の球は日ごとに低くなってオレンジがかり、夕空のぼやけた水平線上で平原の灰色に沈んだ。十二月ともなると、収容所は氷の層に再び覆い尽くされ、夜にはそれが月明かりで煌々と輝いた。トイレに行くために外に出ると、凍った地面で靴が鳴る音、霜で銀張りされた有刺鉄線の背後で、歩哨が行きつ戻りつする足音が聴こえた。SSがオペラを独唱していることもあった。まるでこわがっているかのように、声帯をぶるぶる震わせて。それは夜の蒼い静寂の中では効果抜群だった。それから雪が降った。どのみちクリスマスには雪が必要だった。

一日が終わると、女たちはそれぞれ自分のベッドに腰かけ、せっせとクリスマスプレゼントの準備で縫いものをしたり、絵を描いたり、刺繍をしたり、編みものをしたりしていた。わずかな布きれや毛の糸くずは、悪知恵を絞って手に入れたものだった。クリスマス間近のこの時期の晩には、気を利かせた料理人の女たちがラボのフライパンの上に自分の深鍋を置いて、その日が来たら食事の直前に料理を温めなおすだけでいいように準備していた。かなり寒かったので保存は万全だった。ヴァンダはモミの木の手配を引き受けた。そのうえサプライズまで約束してくれた。

そしてクリスマスイブがやってきた。

私たちは四時に仕事を切りあげた。クリスマスイブはポーランドの伝統に従えば、一番星が出ると同時に始まることになっている。私たちは順番待ちするのに忙しく、きれいに身繕いしたり、ワンピースにアイロンがけしたりする暇がほとんどなかった。アイロンが一つしかなかったので、このアイロン（どこから来たのだろう、このアイロンは?……）がフライパンの上で温まるのを待たなければならなかったし、髪も結わなければならなかった。何人かのプロの女たちが髪のセットに精を出していた。「セシル、ジルベルトの次は私の番だからね」――「やだ、私の番よ！」私たちは伸びかけの髪を楽しんでいたものの、まだ髪に大きなカールをつけることまではできなかった。どこから手に入れたのかさっぱりわからない絹のストッキングを穿いている女たちもいた。信じられない、脚が繊細につやつや光っているなんて。他の女たちは羨ましそうに見つめていた。みんなシャツの裾から切りとって作った白い襟を、縞模様のワンピースに付けていた。褐色の髪の女たちは、紙をほぐして花を作り、髪飾りにしていた。医務室にはワセリンがあったのでまぶたに塗りつけた。こうして共同大寝室では、舞踏会を待つようにみんなじりじりしていた。「針使いおわった？」——「早く私たちにアイロン渡してよ、こっちはまだみんなかけてないんだから」。「誰かブラシ貸してくれない？」——「ねえ私のベルト見た人いない？」——準備は万全よ、急いで、と誰かが言いにきた。一番星だ……瞬くまに広間に人があふれかえった。

髪の毛を結って化粧すると、私たちは誰が誰だかほぼわからなくなってしまった。ラボの化学者たちが頬紅や口紅、白粉(おしろい)を作ってくれていたのだ。ただし彼女たちは一色ずつしか作れなかったので、同じ塗り方で同じトーンに塗りたくられているこれらの顔の全体は、何となく不快な印象を与えた。縞模様のワンピースにいたっては、化粧以上に似通っているに違いなかった。私たちはこれまでの努力がたちまち水の泡と化したような気がした——これまでにしてきた準備や、本物のイブにあんなに興奮していたことが。私たちは招待客をもてなすのと同じくらい、自分の身繕いに気を配っていたのだ。招待客は来なかった。私たちが顔を見合わせて再会したのは、私たちのものではなくなったいくつもの顔だった。一瞬の悲哀——いささかわざとらしい笑いがそれを振りはらった。

食堂のテーブルは、端から端まで、大きな馬蹄形に並べられていた。わざわざそのために洗ったベッドシーツをテーブルクロスに使い、その下には干し草を置いた——これも別のしきたりだ。紙製の花飾りが天井からぶらさがっていた。広間の中央では綿で飾られたツリーが輝き、チョコレートの銀紙製の玉飾りや紙テープ、ロウソクなどで彩られていた。おかげでラボの備蓄品はもうすっからかんだった。ツリーの足元にあるのは、おしゃれに包装された小包み——プレゼントだ。

テーブルに沿って一列にスツールが並べられていたものの、座るのは聖体を分けあうまで待たなければならなかった。青、ピンク、藤色、白、青緑の印の入った板状の生地を、ポーランド人女性たちはみんなで交換しあった。それぞれ他の人の聖体の端をちぎって食べ、二人とも涙にむせび祝福の言葉を交わしてキスしあうのだが、私たちの耳にはこう聴こえるだけだった。「ド・ドム」[29]——家に——いつも口に上る言葉。次のクリスマスこそは家に。家に……。

フランス人の女たちには聖体はなかった。とはいえ勧められれば快く聖体を口にして、その魔法の言葉をおうむ返しするよう努めた。「ド・ドム」「ド・ドム」——家に。ポーランド人女性たちの説明はこうだった。「私たちは象徴として聖体を分けあうの。同じようにパンも分けあいましょうってこと」。フランス人の女たちはこの説明を寛大な心で受けとめた。今は、心の中にわだかまっている、あの人やこの人の利己的態度を思い出すべきときではなかった。

　料理人の女たちはあちこちのグループのあいだを縫いすすみ、料理皿――ラボのガラス製品――に料理を載せていった。クリスマスディナーを飯盒(はんごう)で食べるのではお話にならない。結局ボルシチは諦めるほかなかったので、料理人たちはそのことを申し訳なさそうにしていた。

　私たちはキスを交わしあった。時を忘れてキスを交わしあい、聖体と祝福を交換しあった。みんながみんな九十四回ずつ、肩に手をまわしあって抱きしめ、抱きしめられた。私たち――フランス人の女たち――はそこで少し気まずい思いをした。ポーランド人の女たちは、スラブ式に唇と唇でキスしたからだ。

　ようやくみんな席に着いた。エンドウマメのキャベツ和えは冷めていたものの、量はたっぷりだった。ポーランドではヌードルに蜂蜜やクルミで味つけするのだと、隣の女が教えてくれた。ジャガイモのオニオンソース煮込みが皿に盛られ、続いてヌードルがよそられた。何より欠かせないのはケシの実だった。幸いなるかな、ケシの実に不足はない。ヌードルはボソボソしていた。私たちの中には完食できた人はほとんどいなかった。実際、私たちはすでに食欲に任せて食べる習慣を失くしていたのだ。

　ヴァンダのサプライズは、デザートのお伴だった。たっぷり一樽分のビール、ＳＳのキッチンから「組織化してきた」（盗んできた）代物だ。組織化にかけてはヴァンダに敵なしである。甘いブラウンビール。

隣の女が煙草のケースを差しだして一本分けてくれた。彼女はケースを持っていたのだ……。爪でカチッと音を立てて開けるその姿、久しぶりに見たその仕草は、すこぶる垢ぬけて見えた。煙草は、配給を受けた男たちが送ってくれたものだった。

食事が終わった。灯りが消えた。もう、火のついた煙草の先がちらちら見えるだけだった。それから一本ずつロウソクが灯された。モミの木が幽霊の光輪を放って物陰から姿を現した。するとポーランド人女性たちのコーラスの声が上がった。

幾重にも声の重なる、懐かしい旋律の讃美歌だったが、私たちに歌詞の意味はわからなかった。ロウソクの揺らめく薄闇の中で聞くその音楽に、私たちは妙な気分になって頭がくらくらした。彼女たちは歌っていた。私たちは夢の中に滑り落ちていった。夢見ていたのだ、あっち側の、クリスマスイブを。私たちの夢の中で、それぞれの思い出や希望の数々は遠ざかり、掻き消えそうになっていた。それに、この特権的な労働部隊（コマンド）で私たちとこの幸運を分けあうことのできなかった仲間たちは？　死の収容所でクリスマスをどう過ごしたのか。死の収容所では、十二月半ばから巨大なモミの木が広場に植えられ、本物の雪に覆われた。モミの木のてっぺんには、電球が照らす赤い星一つ。このモミの木は絞首台のそばに聳え立っていた。

コーラスがやんだ。灯りが再び燈った。どの女たちも祝日にふさわしい賑わいに再び溶けこんでいた。聖歌隊には喝采が送られた。実際、彼女たちの歌はよかった。そしてプレゼント交換が始まった。たくさんの紙包みが解かれ、石鹸、布切れで作ったお人形、ニードルのレース飾り、編み紐のベルト、表紙が彩色された手帳などが出てきた。

　テーブルの端で、若い女の子がプレゼントでもらった小さなクマを撫でていた。首にリボンをつけたピンクのクマのぬいぐるみ。

「見て」、マドレーヌが私に言う、「見て！　クマちゃんよ！　子ども用のクマちゃん」。彼女の声が変わった。

　私はクマのぬいぐるみを見つめた。ぞっとした。

　ある朝、私たちの隊列は畑に行くために駅の近くを通り、ユダヤ人たちの輸送列車（コンヴォワ）の到着に行き会って足を止めた。人々は家畜列車を降り、ＳＳたちの唸り声に命じられ、ホームに並んでいた。まずは女と子どもたち。最前列には、母親と手を繋いだ小さな女の子。彼女はお人形を胸にギュッと抱きしめたままでいた。

　人形は、クマのぬいぐるみは、そうやってアウシュヴィッツに到着したのだ。小さな女の子の腕に抱かれて――この子はきれいにたたんだ洋服と一緒に、自分のおもちゃをシャワー室の入り口に置いていくことになる。これを、焼却炉で働く天の労働部隊（コマンド・デュ・シエル）と呼ばれる囚人が、シャワーの待合室の洋服の山から見つけ、タマネギと交換したというわけだ。

最初、私たちは歌いたかった

私たちが到着したのは、一九四三年一月のとある朝のことだった。

貨車の扉が開かれたのは、とある凍てつく平原のほとりだった。それは地理的に位置づけられる以前の場所だった。私たちはどこにいたのか。私たちは知ることになった——少しあと、早くとも二ヶ月後、私たち、二ヶ月後にもまだ生きていた女たちは——この場所がアウシュヴィッツと呼ばれていることを。でも私たちはそこに名前をつけることなどできないはずだった。

最初、私たちは歌いたかった。あなたたちには信じがたいだろう、これほどまでに胸を引き裂くこのかすれ声が、沼地にかすむ声のその弱々しさが、もうどんなイメージも喚起しない語を繰り返すこの声が。息を引きとった者たちは歌わない。

……でも、息を吹き返すやいなや演劇を上演するのだ。

死の収容所を六ヶ月生き延び、そこから少し離れたこの特権的な労働部隊（コマンド）に送られた小グループがしたように。眠るためのわら布団があり、体を洗うための水があった。労働は前よりきつくなかったし、安全な場所でできることも、座って仕事できることもあった。いのちからがら死を免れて、立つのもやっとだった——空っぽのカゴを持って小さな草原を横切るだけでとてつもない努力と意志が必要だった——私たちも、しばらくするとまた人間らしく見えるようになった。しばらくすると私たちは演劇のことを考えはじめた。私たちの一人が周りに集まった他の女たちに、畑を耕したり雑草を抜いたりしながら、いくつかの芝居を話して聞かせた。みんな「今日は何観る？」と尋ねたものだ。どの話も何度か繰り返された。それぞれ順番で話を聞きたがったものの、聴衆はせいぜい五〜六人までだった。とはいえ、レパートリーも尽きてきた。やがて私たちは「芝居を上演しよう」と考えはじめた。これほどひどい条件はない。台本はない、台本を手に入れる手立てもない、何もない。何より自由な時間があまりに少ない。

帰還して戦争捕虜だった男たちに会ったとき、私は彼らの話を聞いて、どれほど言葉が通じないか、その事実がどれほど重いかを見極めた。彼らには物語るべきことがある。私たちにも語るべきことがあるはずだ。彼らは物語る、どれほど虚しく待ったことかと。私たちには語ることができない、待っているときにどれほど不安だったかを。アウシュヴィッツにいた者たちにとって、待つこととは死を前に見て走るレースだった。だから私たちは待ちはしなかった。ばらばらの欠片を無理やり寄せあつめてでっちあげた希望にしがみついていた。この欠片はあまりに脆かったのでどれも考慮には値せず、そのおかげで私たちの正気は保たれていた。正気を失い、狂気じみた希望を抱きつづけたことで救われた者たちもいるにはいた。ただ彼らはあまりに数が少ないので何の証明にもならない。

戦争捕虜たちの話を聞いて、私自身は自分の下した決断の犠牲になったのだという気持ちで、防ぎようのなかった出来事の犠牲になった彼らに同情するにしても、彼らが幾年月の虚無をどうやって埋めていったか物語るのを聞いていると羨ましくなる。彼らは本を受けとり、演劇を上演し、出し物を上演していた。彼らには釘があり、糊があった。彼らは想像の世界に生きることができた。何度か、何時間か――でもそれこそが重要なことだったのだ。

あなたたちはあらゆるものを剝ぎとられても、人間から思考し想像する能力だけは奪うことができないと言うだろう。あなたたちは知らないのだ。人は一人の人間を、下痢に腹をゴロゴロ言わせる骸骨に変えることができ、この人から思考する時間と思考する能力を奪うことができる。想像的なものは、十分な食べものを与えられ、自由な時間のゆとりに恵まれ、自分の夢を育むための基本原理を好きなように使える身体の、最初の贅沢品なのだ。アウシュヴィッツでは夢は見られなかった、うなされただけだ。

それでもあなたたちは、誰もが思い出という荷物を持っていたじゃないかと反論するだろうか。それは違う。過去など私たちには何の救いにも何の逃げ道にもならなかった。過去は非現実的になり、信じられないものになった。かつての私たちの存在は何もかも散り散りに消えた。話すことだけが唯一の逃避でありつづけた、私たちの妄想だけが。何について話したか。物質的で消費できるものについて、じゃなきゃ実現できることについて。心痛や心残りの引き金となるあらゆるものを遠ざけなければならなかった。私たちは愛については語らなかった。

そして今やこの小さな収容所で私たちは人生を夢見ていた、何もかも私たちに戻ってきたのだ。あらゆる欲望が、あらゆる要求が。私たちはできるものなら本を読んだり、音楽を聞いたり、劇場に行ったりしたかった。私たちは芝居を上演しようとしていた。時間のとれる日曜日、晩に一時間でもとれる日はないだろうか。

ラボの仕事でテーブルと鉛筆と紙を使えるクローデット[30]が、記憶の中の『病は気から[31]』を書きおこしはじめる。第一幕が書きあがったところで稽古が始まる。

私は今これを、いかにも簡単なことのように書いている。でも、どれほど頭の中に芝居が叩きこまれていて、登場人物たちの姿を思い浮かべたり、その声を聞いたりすることができたとしても、チフスが治ったばかりで恒常的な飢えに取り憑かれている者にとって、これは困難な仕事だ。手伝える者たちは手伝った。一つのセリフが一日の戦果であることもしょっちゅうだった。おまけに稽古ときたら……。稽古は労働後、夜食——二百グラムの固いパンと七グラムのマーガリンは夜食と呼ばれていた——を終えてから、いっそう疲れがのしかかる時間帯に、凍りついた薄暗いバラックで行われた。説得したり脅したり、連帯の精神に呼びかけたり、お世辞と悪態を使いわけたりすることが、主催者たちの日常的な宿命となった。

競争心も物を言った、自尊心も。要は、私たちと一緒にいるポーランド人女性たちに見せつけることが肝心だった。あんなに上手に歌を歌える彼女たちに、私たちだってやればできることを示したかったのだ。

毎晩、靴底を鳴らし腕を叩いて――十二月だった――私たちは稽古に励んだ。暗がりの中では、正確なイントネーションが異様な響きを帯びて聴こえた。

上演が決まった日――クリスマス後の日曜日――が迫っていた。それなのに看守の女がいるせいで、事前に何も設置することができなかった。とはいえこのSSの女は自分の情事に手いっぱいだったので、ささやかながら私たちが自由にできる余地もあった。挿絵画家のエヴァの描いてくれたポスターがバラックの扉の内側に貼られたのは土曜日、SSたちの最後の巡回が終わったあとのことだ。みんな知っているのに、何でポスターがいるのか。要するに、私たちも夢見心地だったということだ。カラーポスターにはこう書かれていた――「『病は気から』、原作・モリエール、脚本・クローデット、衣装・セシル、演出・シャルロット、舞台構成および小道具・カルメン」、続いて配役に、アルガン役のリュリュ。でも私たちの芝居は四幕構成だった。モリエールのカットを再現するところまではいかなかったのだ。それでも私の思い出せるかぎりで、すっかり準備万端だった。

上演の朝が来ると、私たちは初めてスープや雑役当番[32]やパンの心配を忘れて、せっせと忙しくしている。セシルが編み物でプルポアンやカザックを、ネグリジェやパジャマで紳士用半ズボン（この衣装のパーツだけは囚人服から取ったものではなかった。どうやって手に入れたかは話せば長くなりすぎる）を作りあげるのに成功したことは、ほとんど想像以上の成果である。縞模様は変えられないことがわかった。でも幸い、私たちは植物の種子を選別するためにチュールで編まれたカゴのようなものを使っていた（私たちがこの研究拠点にいたことは話しただろうか。ここでは、ラテックスを含むタンポポ属の研究をしていて、ドイツ人たちはロシアで見つけたこの植物をこの地に根づかせようとしていた）。このチュールが胸飾り（ジャボ）やカフスや半長靴下（カノン）、リボンやスカーフになったというわけだ。紺碧のキルティング生地でできたガウン——私たちの持ち衣装の中でかけがえのない一品——は、ベリーズ役[33]のためのきらびやかなバッスルドレスになる。黄緑のパウダーは、私には成分がわからないものの、たぶん殺虫剤だろう、これは見事なまでに胆汁質の医師役の化粧に役立つ。共同大寝室で叫び声が上がる。「きれいな黒エプロン（黒エプロンは私たちの仕事着の一部だった）持ってる人はみんな貸して！　今すぐお願い、衣装係が待ってるの！」エプロンを六着もらって、セシルは医師役にゆったりとまとわせ、円錐形のボール紙をその頭にかぶせる。このボール紙は黒インクで塗りつぶされていて、彼女はその周りに木屑を硬い髪束状にしてくっつけていく。作者のクローデットはこの出来栄えに満足しているものの、男役にはカツラも帽子もなく、ベリーズ役には扇子がないのでくよくよしている。「ルイ一四世治下なのに、これじゃあね！」残念ながら、到着時に剃られた私たちの髪はまだ数センチしか伸びていない。その代わり、ステッキはある。これはチュールのリボンで飾った棍棒である。

　食堂のテーブルは脚を外して（そうしなければ天井がかなり低いバラックでは舞台が高すぎた）並べられ、演壇になる。金槌と釘とワイヤーを手にしたカルメンが器用に操る毛布は、彼女がＳＳの庭師から盗むことに成功するまで長いことのどから手が出るほど欲しがっていたもので、この毛布が幕になったことは舞台の成功に少なからず貢献した。他の毛布は窓に釘で留められ、部屋を暗くするのに使われた。唯一光に照らしだされているのが舞台である。照明係兼道具方のカルメンがスポットライト用のハンドランプをそこに設置したのだ。「こんなもの全部、彼女どこで盗んだの？」――「その話はあとでね……」。カルメンはさしあたり、釘を打ったり物をくっつけたりしている。舞台袖もあった。毛布とワイヤーで作ったのだ。あとは台本を手にしたプロンプター[34]がいれば完璧だ。

　開始の合図が三度鳴る[35]。幕が上がる（というより開く）。観客はポーランド人女性たち。大体みんなフランス語がわかるのだ。

　幕が上がる。アルガンは、箱に毛布を被せて作った肘掛け椅子に座り、自分も体に毛布をまとって呼鈴を振る。この呼鈴は缶詰の空き缶にガラス片をくくりつけたもののようだ。「だめよ」とカルメンが言っていた。「砂利は嫌よ。砂利じゃ音が悪すぎるもの」。

　幕が上がる。最高だ。最高なのは、リュリュが天性の喜劇女優（コメディエンヌ）だからだ。レミュ[36]を思わせるマルセイユ訛りのアクセントのおかげだけでなく、体が震えるほど本物の無垢な顔つきのおかげで。この人間（ユマニテ）の本性、この寛大さ。

最高だ。それはモリエールのセリフのいくつかが、私たちの記憶に瞬時にもとのまま蘇り、言葉の説明できない魔力を帯びて、色褪せることなく息を吹き返したから。

最高だ。それはみんなが慎ましく、自分の役を売りこもうなどと考えもせずに芝居を演じていたから。虚栄心なき役者たちの奇跡。幼少期と純粋さをたちまち取り戻し、空想の世界に蘇った観客の奇跡。

最高だった。それは二時間のあいだ、煙突が人肉を燃やす煙を吐きつづけていたにもかかわらず、そう思えたから。二時間のあいだ、私たちがそう信じたから。

私たちは、当時の私たちの唯一の信念よりもそれを信じていた。唯一の信念——自由——そのためにはまだ、あと五百日闘わなければならないことになる。

旅

　私たちはとある列車の中にいた。本物の列車。座席があり、自在に上げ下げできるガラス窓があり、右にも左にも回せるつまみ――もっとも役には立たなかった、列車の暖房はついていなかったから――があり、両側には次々に広がる風景があった。私たちは合わせて八人だった。[37]

　この何年かで初めて、私たちは旅しているという印象を持った。旅している。その印象が心を千々に掻き乱すので、私たちはこれが切符のない旅であり、貨車の端っこに切り離された私たちの車室には車掌も通らないということを、すっかり忘れていた。

　それでもこれは本物の旅だった。正真正銘本物だからこそ、私たちを引率し、半分仕切られた背後の座席でウトウトしているＳＳの存在も忘れていた。本物の旅。網棚には私たちが持てたはずの手荷物や鞄があったのではないか、私たちは鞄を開けて中をあさることができたのではないか。ありふれたもの、櫛や古い口紅のスティックやかつて私たちが持っていたもの、一度も失くなったことなどなかったようにまた私たちの持ち物になったものを取り戻せたのではないか。木製の座席に座って、私たちは快適だった。本当に、素晴らしい旅。

とはいえ、自由を取り戻したのだという偽の感情は、自由を奪われた事実全体を消し去っていた。私たちは自由な身のこなし、自由そのものであるような身のこなしを思い出していた。ポケットミラーに自分の姿を映して見ること、トイレに行って扉を閉め、《使用中》と表示される鍵をかけること。驚いたのは、それがちっともありえないとは思えないことだった。何もかも普通だった。私たちは自分自身に戻っていて、あたかも、長い年月を経て一人一人が自分の人格と以前の存在に戻るためには、玄関で洋服をハンガーから取って羽織れば済むとでもいうかのようだった。さらに驚いたことに、私たちは別の洋服を羽織ってなどいなかった。縞模様のワンピースとジャケットを着て、顎の下でスカーフを結び、ぶかぶかの木靴を紐で結んで履いていた。とんでもない代物だったのだ、出発のときに履かされたこの木靴ときたら。あまりにぶかぶかすぎる、明らかにわざとだった。この木靴は足枷と同じくらい確実に、行進を妨げ、逃走を妨いだ。囚人服が桎梏の仕上げだった。

私たちは、ひた走る列車、明日に向かって走るこの列車に乗っていて、この旅があまりにも素晴らしく思えるので、これがもっと続きますように、ずっと続きますようにと願っていた。果てもなき旅の夢を見ていた。この旅の終着点に——終着点とは何か。私たちはその答えを見て見ぬふりしていた——私たちはいいことなど何も期待していなかった。にもかかわらず快適だと感じ、次に待ち受けるものに思いを馳せることもなく、この快適さを味わっていた。私たちは時折、自分がもう驚けないことに驚いた。何故と自分に問うことがなくなっていた。もう何年も何故と自問する習慣を失くし、どんなことが起こっても疑問に思わず受けとめてきたからだ。それでもなお、この旅は驚くべきものだった。

その朝、夜も明けるか明けないかの頃にはもう、私たちがラボに来てから少し経っていて、SSが到着したときには噂がグループ全体に広まっていた。彼らはフランス人女性たちを迎えにきたのだ。私たちの最初の反応は心配の声だった。私たちのSSであるフローラにビルケナウに連れていかれることは十分にありえた。ビルケナウという名を聞くだけで戦慄が走ったものだ。私たちが胸を撫でおろしたのは、待っていたのが荷馬車だったからだ。私たちは一度もトラックに乗ることにはならなかった。というより、乗っていたら殺されていただろう。ガス室行きの者たちはトラックに乗って出発したから。例のSS——いけすかない顔の男、私たちがビルケナウにいた数ヶ月前、限りない恐怖の源だったあの男——そのSSはポケットから一枚の紙切れを取りだし、名前を読みあげた。十人の名前で、呼ばれた十人は整列した。それから私たちには荷造りする時間が与えられた。するとヴァンダが言った。

「何も持ってかないことね。仲間に全部あげちゃいなさいよ、あっちでどうせ取りあげられるんだから」。私たちは悪知恵と打算をさんざん駆使して手に入れたネグリジェや、交換用のショーツとストッキング、ゴム紐をあげた。帆布の小さなバッグは取っておき、歯ブラシと石鹼とナイフを入れた。私たちよりも経験豊かで移送に慣れているポーランド人女性たちが食べ物は没収されないと言いきったので、労働部隊が仕事を終えるやいなや食堂に集まって、みんなで自分たちの整理棚や備蓄用の箱をあさって、まずはパンを取りだし——まずはパン、女囚たちは経験上、囚人にはパンが何より大切だと知っていた——それから砂糖、タマネギ、煙草も取りだした。煙草に関しては私たちに一任されていた。だからそんなことができたのだ。私たちはどんな荷物検査があっても、抜かりなく煙草を隠して流通させることができるようになっていた。

私たち一人一人がパン何切れかを運ぶことになったので、一人一キロはあっただろう。これほど裕福だったことは未だかつてなかった。

私たちがこうした荷物をせっせと紐でくくっていると、フローラが食堂の戸口に現れて言う。「急げ」。するとみんな一斉に立ち上がり、私たちはラ・マルセイエーズを合唱した。それしか歌うべきものがないかのように。ポーランド人女性たちはこの歌をフランス語で知っていて、私たちよりも上手に、ワンフレーズも漏らさずに歌った。お次は、『それは一度のさよならでしかない』[38]——私にはつらく耐えがたい歌だ。それは牢獄で男たちに歌われた歌、彼らが旅立つ朝に歌われた歌だったから。仲間たちと離れるのが私たちには悲しかった。雪がこの世のものとは思えない明るさを放つ、こんな日に。「いい？　行くわよ！」叫んだのはフローラだ。私たちは荷物の包みを手に取り、外に出た。

ビルケナウの例のＳＳがまた十人の名を読みあげ、十人の女たちを数えあげると、私たちは荷車によじのぼった。私たちの後ろから、残された女たちが小さな収容所の境界ぎりぎりまで駆けよってきて、手を振り、スカーフを振る。荷馬車はカブ畑に挟まれた、轍（わだち）のついた野道に入り、私たちは後ろを振り返っては、立ち去る私たちを見守っている仲間たちに別れを告げた。彼女たちは私たちの姿が見えなくなるまでずっとこちらを目で見送っていた。

　でこぼこの大地の向こうに仲間たちが消えてしまうと、私たちは前に向きなおり、また歌いはじめた。はしゃいでいたからではなく、しばらくのあいだ歌うこと以外に何もやることがなかったからだ。歌を一番よく知っていたカルメンは、次から次へと新しい歌を歌った。私たちも、雪に覆われた田園を横断するこの荷馬車の側壁に摑まって、のどを嗄らして歌った。毛布に身をくるんだフローラと、馬を操るいけすかない顔のあのＳＳに率いられて。

　踏切で、私たちは待たされた。カルメンが歌いだした――「いつもそこに――踏切が一つ――行く手をふさぐ――気分もふさぐ[39]」。私たちは彼女に声を合わせ、さもはしゃいでいるみたいに歌った。でも電流の通った有刺鉄線が現れ、ほぼ雪に埋まったブロックの屋根が見えてくると、もう続けられなくなった。私たちの沈黙が重くのしかかり、馬車馬が死の収容所の検疫バラック[40]の前で足を止めた。

　フローラと例のＳＳが哨舎に書類の査証をもらいにいっているあいだに、私たちは荷馬車を降り、バラックの中に入った。木の匂いが鼻を突いた。隣の部屋からフランス語でしゃべる声が聴こえた。私たちと同じ輸送隊（コンヴォワ）の生き残りが、このバラックに隔離されていたのだ[41]。

すぐに、トイレに行くという口実で何人かの女たちがこちらに忍びこんできて尋ねた。「行く先はどこ？　何で選ばれたの？」私たちにはわからなかった。何も知らなかったのだ。それから彼女たちの一人がＳＳの言葉を聞きつけて駆けこんでくる。「あんたたちの行く先はラーフェンスブリュックよ。服を脱いで荷物検査があるわ、また着替えさせられるの。何か持ってたら私たちに渡して。荷物検査が終わったら、扉の下から返してあげる」。私たちは煙草やナイフ、家からの手紙を預けた。

　ＳＳの女が、絶えずがなりたてているヒステリックなドイツ人女子ブロック長と一緒に戻ってくる。腕いっぱいに縞模様のワンピースを抱えたカポの女もいる。私たちは服を脱ぐ。裸だ。ＳＳの医師がやってくる、不吉なＳＳの男――私たちの知っている例の男、タオベ[42]――と一緒に。ユダヤ人の女医もいる。囚人の女で、体温計を手にしている。彼女は体温計を配り、私たちはそこで裸のまま、じろじろ観察するＳＳたちの目にさらされる。ＳＳ医師は私たちに舌を出させる。タオベは医師でもないのに診察に加わって、私たちの体をくるくる回転させ――裸の私たちがお尻に体温計を挿しこまれ、コマのようにまわっている姿を思い浮かべてほしい――べたべた体を触ってくる。女医が体温計を返せと言い、体温を記録する。リュシーとジュヌヴィエーヴ[43]は三十八度ちょっとあった。彼女たちは一緒に行かないことになる。泣いている。私たちは数字を修正してくれるよう女医に掛けあおうとする。彼女がガミガミ怒鳴るので、私たちはＳＳの注意を引かないよう懇願するものの、彼女は最高に美しい声で怒鳴りちらす。

　私たちの仲間は、木の仕切壁の板を剝いで作った覗き穴から、こちらを眺めていた。

　サインしなければならない書類が持ちこまれ、それを見て、私たちが虐待されなかったこと、病気に罹らなかったこと（もちろん発疹チフスにも罹らなかったこと）、私たちの宝石や私財は返還されたことを確認した。私たちのいるこの状況で……まさかサインなんて！　私たちはサインをして、また服を着るために共同大寝室に通された。

　渡されたワンピースはとんでもなく不潔で、血や下痢やシラミであまりに汚れていたので、私たちは前年にここに到着したときと同じくらい胸が悪くなる。到着のときも虫唾が走るシラミだらけの囚人服を受けとり、六ヶ月後にラボの労働部隊（コマンド）に配属されるまでずっとそれを着ていたのだ。私たちは抗議する。ヒステリックなドイツ人の女はめいっぱい声を張りあげて唸った。ＳＳの女が帰ってくると、私たちは彼女にこのぼろ着がどれほど汚いか訴える。彼女がタオベを呼ぶと、今度は彼が怒鳴って、カポの女に別のワンピースを探しにいかせる。そのあいだ私たちはみんな裸……。次のワンピースはほんの少しだけましだった。やれやれ。

　ＳＳの女も私たちが薄着すぎると思ったのか、予定にはなかった縞模様のジャケットを持ってこさせる。マイナス二十度のさなか。七里の木靴[44]を履くと準備完了だ。

　私たちは向かいのバラックに連れていかれる――通路で仲間たちが煙草やナイフや手紙を返してくれたので、私たちはさっと袖の中に隠す――扉を出るやいなや寒さが襲いかかる。

庭で盗んだタマネギや配給と交換してやっとのことで手に入れたニットは奪われてしまったから。

　向かいのバラックは到着者の衣類を保管しておく場所だった。驚いたのは、この荷物の山――そこには今やビルケナウの七五〇〇〇番台の囚人番号が振られている[45]――の中から私たちの持ち物に似たものを見つけられたことだ。もちろん欠けているものもあるのだろうが、私たちには驚きの連続だ。自分の結婚指輪が返される人もいれば、自分の時計が返される人もいる。自分の靴を見つけてもらえなかったある女は、サイズを尋ねられて真新しい他の靴を渡される――もっとも、彼女はこの靴を履く権利まではもらえない。新品の靴は囚人服の一部ではないからだ。

　私たちは自分たちの鞄を見つめ、到着したときのことを思い出す――そして常ならぬ精神状態に陥る。何もかもが元のままであると同時に、何もかもが変わってしまったと。去年、到着したとき――あのときも一月で、収容所は同じように雪の下に姿を消していた――私たちは二三〇人だった。今残っているのは五十人ほどで、この収容所を離れる八人は自分たちの荷物を返してもらい、受領証にサインさせられている。

　外ではタオベがイライラしている。彼は別のＳＳの男と言い争っていて、私たちが列車を逃してしまったと言っているようだ。続いて、急がなければならないと言っているのがわかる。そこに、緑青（ろくしょう）色の小さな車に乗った司令官が現れる。彼もイライラしている。カルメンが入り口の階段で屈みこむ——何て寒いんだろう！　私たちはもう鞄を持っていられないほど手がかじかんでいる——カルメンはなかなか穴に通せない靴紐に悪戦苦闘している。どた靴がぶかぶかすぎるので、靴紐を結べなければ一歩も踏みだせないのは言うまでもない。

　私たちが絶対にありえない光景を目撃したのはそのときだ。タオベが——私たちの目の前で何千人もの女たちをガス室に送り、私たちの目の前で私たちのうちの何人もに犬をけしかけて貪り食わせ、私たちの目の前でちょうど今朝のような朝に第十五ブロックのユダヤ人女性たちがさっさと帰ってこなかったからといって（あたかも千人の女がたった一つしかない片開きの扉からさっさと帰ってくることができるかのように）ピストルを取りだし引き金を引いたあのタオベ、その背の高いシルエット一つで私たちを震えあがらせたタオベ、ＳＳのうちにも残酷さの極みがあるとするなら最も残虐非道ともいえるＳＳの——タオベが、カルメンの前にひざまずき、穴に紐を通しやすくするために、ポケットナイフで靴紐の先をカットしなおしている。彼はやりとげ、立ち上がってやさしく言う、「よし（グート）」。彼の手で焼却炉の待合室である第二十五ブロックに連れていかれたほうが、私たちの驚きはよっぽど少なかっただろう。

　司令官はどんどんイライラを募らせる。いつのまにか到着していた四人のＳＳが横に控えている。犬は連れていない。司令官とタオベは口論していて、やがて決着がつく。タオベが私たちの鞄を手にとって司令官に渡すと、司令官はそれを自動車の奥に積んだ。タオベは持てるだけ手にとるが、残りの荷物が私たちにはまだ重く感じる。二人とも車に乗りこみ、SSたちに何か命令して、車が発進する。SSたちは私たちを二列に並ばせ、行進の最後尾につく。さあ、駅に向けて出発だ。

仲間たちが検疫ブロックの窓から手を振っている。

私たちはこの木靴と荷物の包みのせいで歩くのもやっとだった。私たちは一年前初めて通った凍てつく道路を歩いていた。その希望のない道路には前と違った様子が何もなかったので妙な感じがした。こうして私たちはアウシュヴィッツを出た。囚人服を着たままここを出るなんて、考えてもみなかったことだった。何もかもがいちかばちかで、何もかも信じられないこと、信じられないくらい奇妙なことだった。夢の中にいるみたいな感じだったが、その夢がいつまでも続くので、これが本当のことだという確信はあった。

私たちは停車した貨車と貨車の隙間を縫い、貨物列車の線路を突っきって、避難所にできる車庫に身を寄せた。体は凍える一方だった。パンで重くなった手提げが手首に食いこんだ。緑青色の自動車はすぐそこだ。司令官とタオベは場所を確認している。彼らが私たちのSSを呼んだので、私たちは木靴と荷物の包みのせいで変な歩き方で、SSたちに付いていく。縞模様の服を着た男たちも待機している。相変わらず悲惨なここの男たち。「どうやったら立っていられるんだろう?」——その姿を見れば問わずにはいられない。

レールのカーブから列車が現れ、スピードを緩めてホーム沿いに入ってくる。貨車が一台、また一台とゆっくり移動し、ガタゴト揺れる。どんな種類の貨車が私たちの前に停まるのか見極めようとする——混成列車だ、乗客と貨物の——楽観的な期待などできるはずもなく、私たちは不安に襲われる。家畜列車の旅が意味することは、前年と同じ片道切符の旅だ。どれほど肝を冷やしたことだろう！

　けれども奇跡は続く。司令官は三等車の車室のほうに行って私たちを乗せ、私たちの鞄と荷物の包みをＳＳたちに手渡す。荷物を上げてしまうと、今度は彼も乗ってきて、荷物を網棚に並べ、親切にも私たちに座席を割りあて、私たちが駅で降りないよう監視しろとＳＳに念押しする。彼は列車を降りて車室の扉をばたんと閉じる。さらに「良い旅を！」と声をかけられたとしても、それ以上驚きはしなかっただろう。

　私たちはシレジア【46】を横断して進む列車に乗っていた。夜が明けたので幸せだった。カトヴィーツェのあれこれ、汚いレンガとうら悲しい通りの街が見られて幸せだった。乳母車を押した一人の婦人がいて、列車を見つめていた。車は走っていない。窓の桟（さん）に雪。

　隣の線路を、戦車と大砲を載せた輸送列車が通過し、私たちとすれ違って東に向かう。私たちのＳＳが立ち上がって説明してくれる——「戦車（パンツァー）。ロシア（ルスラント）」。

　私は彼らのほうに行って会話に加わりいろいろ聞きだしたくてうずうずしていた。ほんのわずかであれ、彼らはＳＳだったのだ。どうやって、どうしてＳＳになるのか。他の女たちが訊きに行ってもいいと言ってくれる。私は行く。彼らはスロヴェニア人だ。強制的にＳＳに徴兵され、アウシュヴィッツがどんなところかも知らなかったのだという――あの煙突も何もかも……さもなければ[47]……。彼らは私たちに煙草と火をくれる。停車駅で彼らは駅の食堂に行き、赤十字の看護婦たちが兵士たちに配っていた代用コーヒーを私たちに持ってきてくれる。駅は兵士たちでいっぱいだ。私たちはそのときまで一度も、ＳＳの憐れみのまなざしを、人間的な目を見たことがなかった。アウシュヴィッツを離れると、彼らは人殺しの皮を脱ぎ去るのだろうか。

夜が来る。風景がガラス窓で曇る。工場の風景、溶鉱炉の風景（あるいはまた死体焼却炉の？）、有刺鉄線に囲まれた黒い建物の風景や黒い田園風景。もしかするとドイツ全体が収容所に覆い尽くされているのか、あるいは全収容所がこの沿線にあるのか。絶望的な風景。

そしてこの貨車の中で、私たちは快適だ。私たちは自分の鞄からセーターや靴下やハンカチを取りだした。シモーヌは姉のものだった一冊の本を見つめている。あえて開こうとはしない。でも、去年の夏に死んだ姉の本が手元に残ったことを喜んでいる。ジルベルトは何も言わず、何も見ない。彼女は妹のものをもう何一つ取り戻せない。そしてリュリュはカルメンの手を握りしめ、自分たちの幸運に心を震わせている。彼女たちは二人とも生き残った唯一の姉妹なのだ[48]。

もうすっかり夜だ。列車に灯りはない。暗闇の中で、私たちはナイフを探し、パンを切ってマーガリンのタルティーヌを作る。タルティーヌを食べおえると、一人一本ずつ煙草に火をつける。私たちは快適だ。夜が来る。みんなで寄り添いあい、列車の車輪が軋む音を聞きながら眠りにつく。

朝になると、ベルリン郊外だった。

「南ヴェトナムの百九人の住民を虐殺し、裁判にかけられようとしているウィリアム・L・カリー中尉は、とあるヴェトナム人少女を引きとっていた。ぼろをまとった、迷える飢えた少女。路上をさまよう裸の飢えた子どもたちを目にして、ウィリアム・L・カリー中尉は胸を引き裂かれた。彼はこの少女を引きとって養い、いい服を着せて可愛がっていた。ある日、作戦を終えて帰ると、彼女の姿が見当たらなかった。少女は逃げたのだ。ウィリアム・L・カリー中尉はこのことにひどく心を痛めた」。これは、中尉の姉がニューヨーク・ポスト紙で一九六九年十一月二十八日に語った話である。[49]

ベルリン

列車は今では各駅に停車していた。寒さにもめげず、列車がホームに停車するたび、私たちはガラス窓を下げ――ガラスには霜が降りていた――もっと外を見、もっと音を聞こうとした。ホームには、仕事に向かう労働者たちの織りなすぼんやりとした人の群れがひしめいていた。首にマフラーを巻き、肩に雑嚢（ざつのう）をかけた人々は急いでいて、何も気に留めなかった。彼らが息を吐くと、白い湯気が小さな雲になって薄靄に加わり、人々の頭上をひらひらと飛びまわった。彼らの影は互いのあいだに滑りこみ、ひっそりと混じりあった。夜も明けやらぬ頃だった。にわかにフランス語で叫ぶ声が聴こえる、「こっちだよ、じいさん！」すぐさま私たちは「ねえ、あの、そこの！　ちょっと！　フランス人！　フランス人でしょ？　私たちもフランス人よ！」と叫ぶ。男の一人が振り向き、私たちを鬱陶しそうな目で見て答える、「くそったれ！」彼はまた走りだし、向かいの線路の電車に飛びのる。

「初めて会ったフランス人なのに……とんだお出迎えね！」とリュリュが言う。

私たちはとてもがっかりしていた。どうしてあんな態度が取れるんだろう。縞模様の囚人服を着た女たちが呼びかけているのに、自由の身のあの男は、彼女たちは誰で、どこから来たのかと問うことさえしない。私たちはアウシュヴィッツから来たのだ。世界中の人がその事実を知らなければならなかったはずだ。私たちは世界と私たちとのあいだの断絶を目の当たりにしなければならず、そのことにすっかりしょげかえってしまった。

次の駅では、もう少し辺りが明るくなっていた。ホームの乗客たちの姿は先刻よりはっきりと見えた。その人たちの物腰や服装、ともかくもバスク・ベレーで、私たちは同郷者を見分けることができた。でも今度は、呼びかけることは控えた。

「ドイツはＳＴＯ[50]のフランス人労働者であふれかえってるのよ」、私たちの一人が言う。

私たちの列車はベルリンに入っていた。線路沿いの、爆撃で破壊された複数の建物に、住民たちがまだ避難していた。あちこちに地下倉の開閉式小窓から突きでたストーブの煙突や、焼け残った壁面に建てられた避難所から突きでた煙突が見えた。街の光景はぞっとするものだった。

「街が完全に破壊されてるみたい……」――「いい気味だわ」。

私たちは、アウシュヴィッツで数えきれないほどの傷病者運搬列車を見たときと同じ満足感を覚えていた。白い屋根に巨大な赤十字がペイントされたその列車は東部戦線から戻ってきた列車で、負傷兵たちを乗せていた。通路には看護婦たちが行き来していた。これらの列車はゆっくりと進み、完全に停まって長いあいだじっとしているときもあったので、私たちには寝台に横たわる負傷者たちをじっくりと眺める時間があった。「いい気味だわ」。頭に包帯を巻いた何人かの男たちは、立ってこちらを見つめていた。彼らのほうは、私たちを見て何と言っていたのだろう。

列車は、とある駅のコンコースの屋根の下に停まっていた。私たちのＳＳはベルトを締めなおし、自分たちの持ち物をまとめ、銃を肩に掛けなおして、私たちに降りる準備をしろと命じた。最後尾の車両から降りてきたのは縞模様の囚人服を着た男たちで、おそらく私たちがアウシュヴィッツのホームで見た人たちだった。彼らのほうは人数が多く、たぶん六十人くらいはいただろう。彼らも別の収容所に移されるところだったのだ。わかってはいてもどうしても見慣れることができないくらい痩せている彼らは、自動機械のように整列した。彼らに比べれば、私たちは強く元気に思えた。私たちは彼らをしげしげと見つめていた。ひょっとすると彼らの中に知り合いがいることだってあるかもしれないではないか。でも落ちくぼんだ熱っぽい目と腫れた唇のせいで、みんながみんなそっくりなので、誰が誰だか負けず劣らず見分けることができなかった。

私たちのＳＳは、男たちを護送してきた自分たちの同僚には無頓着だった。私たち八人の面倒を見てさえいればよかったのだ。人数を数えることも二列に並ばせることもなく、彼らは私たちを地下道のほうに連れていった。彼らは田舎者に違いなかった。地下鉄に慣れていなかったからだ。路線図と、彼らのうちの一人が手に持っていた紙きれとを見比べて、ルートを把握しようと頑張ったあと、彼らは仲間の一人に道を尋ねにいかせることに決めた。路線図のそばに集まった私たちは、周囲のものや、普通の生活を送り地下鉄に乗る市民たちを、興味津々で眺めていた。矢印の目立つ掲示がトイレを指していた。私たちはSSにトイレに行っていいかと尋ねた。彼らはいいと言う。SSたちは私たちを階段の上で待つことに決め、煙草に火を点けた。木の大きな靴底は階段の幅に収まらないので、斜めに足を置かなければならない。そのうえかさばる鞄を持って階段を下りるのは危険だった。私たちは足の悪い人のようにゆっくりと階段を下りた。

トイレは私たちの目にはとても快適に映った。洗面台が並び、扉が一列に並んでいる。トイレの管理人の老婦人が、消毒薬の匂いのする彼女のモザイク宮殿に私たちが踏みこんでくるのを目にしたが、驚いた様子はなかった。当時のベルリンでは、これくらいのことは当たり前に目にしなければならなかったのだ。老婦人はもはや何事にも動じることのない憔悴した顔をしていた。「かわいそうな子たち！」そう言った声は同じくらい憔悴していたものの、彼女は私たちのために有料トイレの入口のロックを外してくれた。

私たちはさっと身繕いするための品を求めて鞄を開けた。でも、私たちにはタオルも手袋もブラシも、とりあえず役に立ちそうなものは何もなかった。何もかも盗まれていた。私たちのうちの一人が、服を手探りして言う――「私たち着替えて脱走できるわよ」。

「でもどこ行くっての？　ベルリンを知らないし、片言でもドイツ語なんてちっともしゃべれやしない」

「ベルリンにだってフランス人がいっぱいいるはずよ」

「見たでしょ、さっきのフランス人たち。私たちを助けてくれるとは思えない……」。

絶好の機会がやってくるのがあまりに突然すぎたので、私たちはその機に乗じようとは思えなかった。自分たちの一挙手一投足についてかなり長いこと熟考と計算を重ねてきたので、何の準備もせずに危険な冒険に飛びこむことなんてできなかったのだ。

私たちは顔の汚れを落とし、さっと髪を梳かしてから、鞄を閉めなおし、のんびり煙草を吹かしているSSたちのもとに戻った。私たちに逃げるチャンスでもくれたつもりだろうか。

「それにしたってとんだおバカさんたちね」とカルメンが言う。

鞄を足元に置いて、私たちは電車を待った。人々がホームになだれこんできたものの私たちのことは避けていた。たぶんシラミがうつるのが嫌だったのだろう。彼らは私たちに目を向けなかった。私たちは通りすぎる人みんなにこう囁きかけた。「私たちはフランス人、政治囚よ、犯罪者じゃないわ」、はっきりと意味の通るドイツ語で。というのも、私たちは頭を振り絞って、こういうときのために言うセリフを考えておいたのだ。私たち世代の母親と一緒にいる小さな女の子が、母の手を振りほどいて走りだそうとした。私たちがこわかったのだ。母親は娘をそっと引き留めて「気の毒な女の人たちよ。笑顔を見せてあげて」と言い、彼女自身も私たちに感じよく微笑みかける。小さな女の子は私たちのほうに顔を向け、笑顔を見せようと頑張った。あの母親を抱きしめることができたらよかったのに。二人とも遠ざかっていった。

地下鉄がやってきた。私たちのＳＳたちと男たちの隊列を護送するＳＳたちは、乗客を押しやり、車両のドアの近くに四人用のスペースを確保した。人々はおとなしく場所を空けた。私たちのＳＳは私たちが車両の端に行けるよう気を使ってくれたが、男たちのほうは車両の真ん中で立ちっぱなしだった。陽の光――それは地上に出る路線だった――にさらされると、男たちの顔はさらに痛ましく見えた。「パンをあげなきゃ」とリュリュが言う。彼らは無感動にパンを受けとった。目にも、唇の動きにも、私たちの行為に応える素振りはかけらもなかった。私たちにはそんな彼らがなおさら不幸に見えた。

駅に停まるたび、ＳＳたちは私たちのいる車両のドアのところに立って、乗ってくる乗客たちを押しのけた。長い旅だった。私たちはこの旅がもっともっと続くように願った。全ての街を通過しているような印象だった。廃墟、どこを見ても、廃墟。この悲惨な光景が私たちを希望で満たした。「もう勝利はすぐそこよ。あいつらもう、そんなに長くもたない」。どこかで瓦礫の下に倒れているかもしれない子どもたちに同情しろと言われても、それは私たちには心底無理な要求に違いなかった。私たちはアウシュヴィッツの子どもたちしか憐れむことができなくなっていた。アウシュヴィッツの子どもたちの姿は、他の人たちを思いやる私たちの心を麻痺させてしまったのだ。

私たちは地下鉄を降り、鉄道の別の駅に向かった。戦争捕虜たちが二人のドイツ兵——老兵——に見張られて廃墟を片付けていた。彼らはぼろきれの軍服と同じ、くすんだ緑色の肌をしていた。私たちは彼らに声をかけた。イタリア人だった、がりがりに痩せていた！　でも強制収容所にいる囚人たちほどではない。私たちは彼らと話したかった——囚人同士ならいつだって通じあう言葉がある、それは私たちがアウシュヴィッツで学んだせめてものことだった——でも見張りの老兵たちが怒鳴っていた。私たちのSSのほうは何も言わなかった。

ホームは群衆であふれかえっていた。私たちのSSは人混みを肘で押しのけて、私たちを人のいない車室に乗せ、彼ら自身は通路に残った。文句を言ってくる他の乗客たちを車室に立ち入らせないようにしてくれたのだ。灰色の軍服を着たドイツ人女性兵士が二人、私たちのSSを説き伏せ、座る権利を得るのに成功した。彼女たちは私たちを押して席を詰めさせる。「あなたたちシラミがうつるのがこわくないの？」と私は尋ねた。私たちがぐったりしているのもかまわずに、彼女たちが私たちのあいだにうまく滑りこんできたときだ。

「あら！　フランス人なの！　フランスなら知ってるわよ。アミアンにいたもの。フランス人って汚いのね」。そう言って彼女は私たちに触れないように精一杯身をのけぞらせる。

「フランスじゃシラミなんてたからないけど、アウシュヴィッツではシラミだらけよ。アウシュヴィッツのシラミはチフス病みのシラミだから」。彼女たちは目で相談しあい、私たちのSSを罵って車室を出ていく。

また別の景色が流れていった。松林の点在する砂地。ベルリン近郊で、有刺鉄線の広大な外壁に点々と監視塔が見えた。私たちは次の駅で地名を読むために目を凝らした——オラニエンブルク。当時の私たちには何の意味も持たなかった地名。私たちが、カール・フォン・オシエツキーがノーベル賞を受賞したときにオラニエンブルクにいた[51]ことを思い出し、その地名が意味を持つことになるのは、もっとあとのことでしかなかった。「ベルリン近郊ってひどいわね。あいつらって本当にとんだ恥知らず」。また別の有刺鉄線が最初のに続き、私たちはまだ同じ収容所なのだろうかと疑問に思う。縞模様の囚人服の男たちがあちこちでちらほら働いていた。

それから一時間ちょっと旅が続いたあと、私たちは到着した。踏切の横の小さな建物が特徴的な、簡素な小駅だった。ラーフェンスブリュック。線路を横断するために、私たちの乗ってきた列車が行ってしまうのを待たなければならなかった。ＳＳは私たちを二列に整列させ、標準姿勢を取らせた。もう私たちの荷物を彼らに運んでもらおうなんてお話にもならなかった。「ラーフェンスブリュックのクロークに預けるためにあんな大荷物運んできたなんてバカバカしいわね。ベルリンの洗面台に置いてくりゃよかった」。そこそこ小ぎれいな別荘が松の木の下に点在し、保養地にふさわしい雰囲気を醸しだしていた。収容所のＳＳ将校たちの別荘だった。素手で石を運ばされた初期の女囚たちによって建設されたものだという。そのことを知ったのは、私たちが収容所(キャンプ)に入ってからのことだ。

「まるでフォンテーヌブローにいるみたい」と、セシルが言う。

「ああ、フォンテーヌブローね！　ほぼ毎週土曜にキャンプ行ってたわ、お決まりのメンバーで」

「私、もし帰還できてもキャンプはもうこりごり……」

その小駅から収容所の外壁に着くまでの道のりは長く感じた――緑色に塗られた高い外壁。

「電気有刺鉄線ほどの衝撃はないわね」[52]と、プペットが呟いた。

ジプシーの女たちは本当にすごかった。彼女たちは毎晩点呼のあとに収容所内をうろついていた——もっともこれは夏の話で、冬には点呼のあとは誰も外には残らなかった——彼女たちはありとあらゆる種類のものを売っていた。あちこちのクロークやキッチンでくすねてきたもので、ＳＳのポケットから掏ってきた煙草さえあった。ポケットの口がちょっと開いてさえいれば十分だったのだ。彼女たちは私たちのほうにやってきて、てきぱきとした身振りで自分のワンピースをちらりとめくり、売りに出せるものを示してみせたものだ。

価格はいつも一緒だった——一食分のパン。一本の煙草には一食分のパン、タマネギ一個には一食分のパン。ショーツ一枚や肌着一枚にも一食分のパン。私たちは、同じ値段で一切れの網焼き肉を売ってくれるという女に会ったこともある。こんがりと焼けた、食欲をそそる肉。母親の首にかけてＳＳのキッチンから盗んできたものだと誓われても、私たちは絶対に買わなかった。焼却炉産のロースト肉ではないかという恐怖を拭い去れなかったのだ。

その晩、私に声をかけてきたジプシーの少女が袖からさっと出してすぐに引っこめたのは、小さな冊子、とても小さな一冊の本だった。

「パン一食分よ」と、彼女はフランス語で言う。

「フランス語うまいのね、出身は？」

「フランス人だもの。リール生まれ」

「で、何の本？　とりあえず見せて」。

彼女は小さな本をもう一度取りだして私に見せたが、手は離さない。『人間嫌い』だった、ラルース書店の一フランのプチ・クラシック・コレクション――『人間嫌い』[53]。私は目を疑った。ということは、ラーフェンスブリュックへの旅に『人間嫌い』を持ってきた人がいたのだ……。

私は一食分のパンを渡した。「ったく、値切ればよかったのに。ショーツ一枚売るみたいにさっさと売れるもんじゃなし」。そんなこと言われてもどうしようもない。彼女は私の目が輝くのを見た。誰が本一冊にこんなに高く支払うだろう？

私の『人間嫌い』をのどのところに大切に抱きしめ、バラックの仲間たちのもとに合流した。彼女たちはちょうど夜食の時間、つまり、自分のパンにマーガリンをつけて食べようとしているところだった。

「食べないの？」

「自分のパンはどうしたの？」

「また煙草なんて買って！」

「なら一人で吸ったりしないわ。違うの、本を買ったのよ」

私は懐から『人間嫌い』を取りだした。

「じゃあ私たちに読んでくれる？」

そう言ってみんなが自分のパンを少しずつちぎって、私に一食分のパンを分けてくれた。何て流暢にしゃべったことだろう、アルセストは。彼の言葉は何と的確で揺るぎなかったことか、彼の物腰は何と余裕に満ちていたことか。

「彼女の鋭った物言い、あんたみたいね、セシル。このセリメーヌって」と言ったのは、初めてセリメーヌに出会ったプペットだ。

アウシュヴィッツに着いてからずっと、私は記憶を失うことがこわかった。記憶を失うことは、自分自身を失うこと、もう自分ではなくなることだ。だから私は自分の記憶を働かせるためにあらゆる種類の訓練を考えだしてきた——知っていた電話番号を全部思い出すこと、地下鉄の一路線の停車駅を全部思い出すこと、アテネ座と地下鉄アーブル・コマルタン駅とのあいだにある、コマルタン通りのブティックを全部思い出すこと。私は果てしない努力を払って、五十七篇の詩を思い出すことに成功した。それが記憶から抜けおちたとわかるのがこわすぎて、来る日も来る日も、あの詩からこの詩まで一つ残らず、点呼のあいだ暗唱していたのだ。全部思い出すのにどれほど苦労したことか！　時にはどうしても戻ってくるのを拒んでいるたった一行、たった一語のために、何日も費やすことがあった。それが今やたちまち、学ぶべきまるまる一綴りの冊子、まるごと一冊のテキストを手にしていたのだ。

私は『人間嫌い』をそらで言えるようになった。毎晩一節ずつ覚え、翌朝の点呼のときに繰り返し諳(そら)んじた。そうするうちに戯曲全体を、ほぼ点呼のあいだじゅうずっと諳んじつづけることができるようになった。[54] そして出発のときまで、私はこの冊子をのどのところに大切に取っておいたのだ。

ラーフェンスブリュックで胸が鳴る

よく晴れた、秋の日のことだった。誰のための晴れの日？　工場ではミシンがまわっていて、次から次へと上着を縫い、何百枚もの上着を縫製していた。それぞれ自分の席、自分のミシンの前に座って、女工たちは縫いものに身を傾けていた。一人が縫いあわせた生地は、袖を縫いつけている次の女工に渡り、襟を付けている三番目の女工、ボタンホールを作っている四番目の女工、裏地を付けている最後の女工に渡った。流れ作業。ミシンの列と同じ数だけこの流れ作業組が並んでいて、彼女たちのあいだを灰色の軍服を着た看守の女ＳＳが巡回し、怒鳴り――その甲斐もなくミシンの音が怒鳴り声を打ち消した――殴った。目を上げないこと、しゃべらないこと、手を止めないこと。この流れ作業の速度を落とす唯一の方法は、自分の針を折ることだった。そうすれば席を外れて看守の女のところに行き、針をもう一本くれないかと頼むことができたが、針と一緒にビンタかパンチも受けとらなければならなかった。どの女も自分の番になると針を折った。にもかかわらず、刺繍された二つのＳの記章が裏面に残るばかりの軍服が山積みになっていった。

ミシンはまわり、女囚たちの頭の中でガンガン鳴ってまわり、とある生ぬるい赤みがかった秋の日の彼女たちの思考や思い出のまわりをぐるぐるまわり――もっと前は――いつかまた自由の身になれたときには、自由にこんなことをしようという彼女たちの計画をめぐってぐるぐるまわっていた。ミシンは工場じゅうをガタガタ言わせて、まわっていた。

だしぬけに一人のSSが扉のところに現れ、ホイッスルで騒音を制し黙らせて、がなりたてる。「やめろ（ハルト）！　全員外へ（アレス・ラオス）！」全員外へ。ミシンを止め、まずは扉の近くの女たち、続いて他の女たち、最後に残りの女たち。女たちは起立して整列する。「何で私たち外に出されるのかしら？　何がしたいの？　何かの罰よ、きっと」。

彼女たちは中庭に出て、再び整列し待機する。自分のバラックで寝ていた夜勤の女たちを待っていると、寝ぼけ眼の女たちが到着し、こう尋ねる。何が起きてるの、何が起ころうとしてるの、誰も答えられない。秋の柔らかな陽射しにさらされ、工場の女工はみんな揃ってバラックの前に並ぶ。

女たちは何を要求されているのか尋ねあう。彼女たちは待っている。ついに収容所長がSS医師を連れて到着する。命令――「靴とストッキングを脱げ！　早く！」女たちは脱ぐ。「ワンピースをまくれ！」SSの下士官――収容所長――は女たちの中から一人捕まえ、どんなふうにしなければならないか示すために、その女のワンピースを太腿までめくりあげる。さっさとやれ！

そうして裸足になり、左手で木靴を、右手で縞模様のワンピースの裾を持った女たちは、SSたちの前を行進する。「もっと速く（シュネラー）！」と収容所長が叫ぶ。もっと速く行進させたいのだ。

女たちはみんな意味がわかった。彼女たちは体を硬くする。ささっと若い女たちが列の外側に滑りこみ、年長者たちを真ん中のほうに隠す。ほとんど地面に足を置けない女たち、足の不自由な女たち——彼女たちは仲間たちの協力で、座って仕事のできる縫製工場に迎えられていた——弱りすぎていて、砂利や石炭を運搬する肉体労働を避けなければならない女たち、みんながみんな行進する。

SSたちは速く歩かせ、その様子を見たがっている。女囚たちに何度も何度も自分たちの前を通らせる。脚への一瞥で判決が下る。彼らは脚が腫れている女たち、足が浮腫で変形している女たちを列から引き抜き、傍らに並ばせる。そして行進は続く、ワンピースをめくりあげ、足の痛い石炭殻の上を裸足で。速く（シュネル）！　もっと速く（シュネラー）！　女たちはSSたちの前を通る。緊張し、自然にリラックスした態度で歩こうと努力して身をこわばらせ、恐怖の表情を見せないように顔を引き攣らせて。一周ごとに選別され、列がバラバラになる。脇に並ばされた女たちは「青少年収容区」行きになる。そこは基幹収容所の敷地外にあるバラックで、何も飲みものや食べものを与えられず、死ぬのを待つばかりの場所だ。列を外されたグループの人数が膨らむにつれ、恐怖と緊張が増していく。

見つめる女、自分の膝を見つめる女がいる。その目に、命令に逆らう膝のぎくしゃくした動きを取り去る力があったなら……。

顎の震える女がいる。唇を噛みしめ、震えを抑えようとしている。でも歯がカチカチと鳴り、顎が震えてしまう。

一歩進むごとにどんどん重くなり折れるうなじを、持ちあげる女がいる。

頭が前に出てしまう女がいる——彼女は逃げる。前に出る逃走。不可能な逃走。

そうやってみんながみんな、大聖堂の正門で地獄に落とされる人のように行進していく。

収容所司令官はこぶしを腰に当て、声を昂らせる。「ほらほら！　ドキドキしてんだろ、おい？」彼は大いに愉しんでいる。

位置について、落ち着いて

この最後の夏、収容所の通りは安全ではなかった。朝の点呼と晩の点呼のあいだに通りにいるのは危険だった。いつ手入れがあってもおかしくなかったからだ。

第三帝国の工場にはどんどん労働力が必要になっていた。収容所はその供給源だった。ことは迅速に進行した。目に見えないシグナルに基づいて、ホイッスルの合図があちこちで一気に吹き荒れ、バラックとバラックのあいだの通りが赤バンド（警察（ポリツァイ）、収容所内の治安維持を任されていた被収容者たちのこと、赤い腕章が目印だった）の手で封鎖された。通りやバラックの戸口にいる女囚たちが根こそぎ追いたてられ、包囲された。女たちは警察（ポリツァイ）に追われて四方八方に逃げまどい、その手を逃れようとするものの、バリケードにぶつかり、襟首を摑まれて、足で蹴られ、こぶしで殴られ、棍棒で打たれ、収容所の真ん中にできた隊列に力ずくで押しやられた。これがいわゆる移送の旅の始まりだった。

こうした移送について意見は割れていた。どこでもいいからどこか別の場所に行くほうが、ラーフェンスブリュックにいるよりはましだろうと考える女たちがいた。彼女たちは終焉をおそれていて、敗北者たち——一九四四年夏の上陸[55]以後、彼らの敗戦はもはや疑いようもなかった——怒り狂ったSSたちが、残虐の限りを尽くすだろうと予想していた。「今にわかるわ、あいつらが私たちを普通に解放するもんですか。奴ら収容所を爆破するわよ。下水道に地雷を仕掛けて。焼夷弾の雨も降らせるわね。水道に毒を流して自分たちは避難所に出発するでしょうよ。もう隠れ家が用意してあるわよ、絶対」。かと思えばドイツ産業へのいささかの貢献も拒む女たちがいた。終戦間近の今となってはこの貢献が何の役にも立たないとしても。この女たちはこう論じた。「私たちはここにいるほうが安全よ。連合国は工場を爆撃してる。でも絶対ラーフェンスブリュックは爆撃しない。ここなら避難所にいるも同然よ。SSたちなら連合軍が到着する前に消えるわ。捕虜にされやしないかって戦々恐々としてるもの。このあいだ女性看守（アオフゼーエリン）のアタッシュケースが開いてたんだけど、中に私服が入ってたのよ」。とはいえ両派閥の意見は次の一点に関しては一致していた——自分のグループから離れてはいけない。みんな一緒に出発するか、みんな一緒に残るか。みんなそれぞれ過酷な経験から教訓を得て、孤立すれば身を守るすべはなくなること、他の人たちの助けなしには生き残れないということを学んでいた。他の人たちというのは、同じグループの女たちのこと、もう歩けなくなったらあなたを支えたり運んだりしてくれる人たち、体力も気力も限界に達したときに何とか耐えられるよう手助けしてくれる人たちのことだ。

私のグループの決断はこうだった——出発してはいけない。

手入れと移送を避けるための最も確実な手段は、労働隊に加わること、点呼のあとに動きだし外に出て、石炭を荷降ろししたり、砂利や石を運搬したり、森で木々を伐採したりする隊列のどれかに加わるということだった。でも私たちも働きたくはなかったし、できれば全く働かないで済ませたかった。三年間の捕囚生活の後だったので、最後まで生き延びたければ力を加減しなければならなかったうえに、この最後は間近に思えた。だから毎朝、隊列が集まるとき、私たちは毎度新たな策を弄して身を隠し、労働に取られないようにしていた。隊列が出発すると、晩の点呼までどこかに身を潜めていなければならなかった。私たちはそのときまでうまく隠れていることができた。

どうしてあの日、私は収容所の通りに一人きりでいたのだろう。私たちは目を皿にし、耳をそばだてて、絶対にグループでしか歩きまわらないようにしていた。なのにどうしてあの日にかぎって、あちこちからホイッスルの合図が耳をつんざき、警察(ポリツァイ)が各通りの端に列を作ったあのときにかぎって、私は一人きりでいたのだろう。どうしてそんなことになってしまったのかもわからぬまま、私はSSの女たちが足で蹴って整列させ、カポの女たちが棍棒で殴ってその場に待機させている隊列の中にいる。どうしてこんな馬鹿げた真似ができたのか。私は何て間抜けなんだろう。ああ！　何てバカ、バカ！

私はその見たこともない顔たちの真っ只中にいた。ロシア人女性たち、ポーランド人女性たち、顔見知りは一人もおらず、フランス語が話せる人も一人もいない。じわじわと、殴打と怒声の力で隊列が固まっていく。もうばらけない。たぶん、みんなあきらめ顔だ。口惜しさがますます募る。不安も。もう仲間たちには二度と会えないだろう。どこに行くのか。絶対にわからない。どんな工場に？　絶対にわからない。私は列の端で目を凝らし、じっくりと様子を窺い、逃げる隙があるか探る。カポたちが辺りを監視しているものの、まだ結構のんびりしている。彼女たちは駆けまわって棍棒を振りまわしたせいで疲れている。二人の女ＳＳが私たちを監視していて、隊列の端から端を行ったり来たりしている。待っているのだ。プフラオム[56]を待っている。移送を取りしきり、産業的労働力を買う企業家たちと交渉していることから「奴隷商人」と呼ばれている男だ。彼が到着すれば人数が数えなおされ、輸送隊（コンヴォワ）が編成されるだろう。そうなれば私たちは出発することになる。私は出発することになり、私がどこに行ったのか仲間たちにはわからなくなるだろう。待っている。

　三人目のＳＳの女がひょいと現れ、二人の同類に加わるが、三人とも足を止めている。私は彼女たちをじっと見つめる。目を離さずに。彼女たちがふと何かに気を取られ、たとえば隊列の向こう端に目をやりでもすれば……。なかでも私に背を向けている女を注視する。地面に立つ彼女の脚の置き方を見て、注意がそれた気がした。たちまち夢の中にいるかのように一筋の閃光に貫かれ、ジュヴェの声が聴こえる。国立高等演劇学校[57]の彼の講義で、演壇に進みでて舞台を演じはじめた一人の生徒に語りかけるジュヴェの声――「違う。やり直しだ。入りこんでないじゃないか。なりきるんだ。待って。ほら。位置について。ようし。もう動くな。落ち着いて。位置につけたね。ほら、セリフを言えるよ。さあ、きみには言うべきことがあるんだろ。今だ、きみの声を聞こう。ほら、きみはしゃべれるから」。位置について。落ち着いて。三人のＳＳは位置についていた。その背中で、ブーツで、肩でわかった、おしゃべりを始めたのだ、そこを動く気はないだろう。彼女たちはそこに落ち着いていた。さあ急げ、私は列を飛びだす。全速力で向かいの通りに飛びこみ、駆け抜け、目の前に突然現れた警察（ポリツァイ）の女を突きとばし、走って走って、収容所の奥まで、私たちのバラックまで、息を切らして辿りつく。走りすぎたことと、全速力で走りすぎ、あまりにこわかったせいで、くたくたに消耗し、腕を広げて迎えてくれる仲間たちのグループに倒れこむ。「どこにいたの？　捕まったの？　ホイッスルを聞いてあんたがいないのに気づいてひやひやしたわ。もう、みんなどれだけ肝を冷やしたか！」私だって生きた心地もしなかった。呼吸が戻り、胸の鼓動が間隔を空けて聴こえるまでには長いことかかった。

出発

突然、日曜の午後の気だるさが震源のわからない慄きに揺さぶられ、この慄きは膨れあがり、ざわめきながら大きくなって気狂いじみた騒乱となり、上を下への大騒ぎに拡大した。いくつものグループが四方八方を走りまわり、赤バンドたちは収容所の通りを全力疾走してブロック長たちを呼んで命令を伝え、命令がすぐさまバラックじゅうに伝わると、彼女たちは一人でいる女たちや友人グループでいる女たち、つまり、おしゃべりしながら散歩して、洗いたての肌着を腕の先にぶらさげてなるべく早く乾かそうとパタパタしている女たちや、バラックの窓の下で壁にもたれて座り、髪の毛をさらさら揺さぶって風を通し、季節初めの太陽の恩恵を受けようとしている女たちを探してまわった。今やたちどころに、みんなざわざわして尋ねあい、動きはじめていた。「あんたたちフランス人？　ならさっさと収容所広場（ラーゲルプラッツ）に。フランス人の女はみんな収容所広場（ラーゲルプラッツ）に！　集合！」――「ベルギー人も！　収容所広場（ラーゲルプラッツ）に！　集合！」――「収容所広場（ラーゲルプラッツ）に！　荷物は全部持て！」荷物は全部持て？　荷物とは何か。飯盒、スプーン、持っている人は歯ブラシや石鹼のかけら、あれば、最後の日付が一九四四年五月の家族からの手紙【58】、鏡の破片やナイフと同じくらい大事なもの、交渉に交渉を重ねて得た品々……。全く同じくらいささやかな宝物の数々、どれも長期にわたる物質的渇望とちまちました計算を端的に示す品物、たとえば紙きれに書きつらねられた料理のレシピ――この紙きれは信じがたい策略と取引の数々を経て集められた品だった。

何百もの女性たちがブロックや、午後の休憩をなるべく静かに過ごすために潜んでいた片隅から出てきた。その幸福の恩恵を存分に享受しなければならなかったのは、その日が一度限りの刑罰のない日曜日であり、一度限りの晴れの日であり、さらには髪を洗って太陽で乾かすチャンスさえあった一日だったたからだ。

通路に積まれた鉱滓が靴底でこすれる音に、赤バンドとカポたちがあらゆる言語で女囚たちを集合場所に向かわせようとして出す怒鳴り声と、頭上で飛び交う数々の命令とが重なってどんどん喧しくなる中、キッチン前の広場に方陣ができた。「何があるの?」百の動揺が広がった。「何しようっての?」無秩序に入り乱れつつ列が編成されたが、列が整い、その場に落ち着くまでにはずいぶん時間がかかった。SSたちが到着し、ブロック長たちに続いて人数を数え、行ったり来たりする。あれこれ問う声やガヤガヤ噂する声が列のあちこちで広まった。「何でフランス人とベルギー人とルクセンブルク人の女たちだけ呼ばれたのかしら?」――「オランダ人の女たちも呼ばれたわ」――「ノルウェー人の女たちも」――「ノルウェー人も?　知り合いがいるの?」――「収容所から撤退させるんだわ」――「ならどうして全員じゃないのよ？」――「理解しようとしてどうするのよ？　理解できることなんてあったためしがないでしょ」。

そうこうするうちに列がまた崩れてきて、赤バンドたちが口を出してきた。しかし彼女たちの怒鳴り声に耳を貸す者などいなかった。

私たちは待っていた。待ち時間にうんざりしはじめていた。

「見て！　動いてるみたい、列の先っぽのほう」

「そうね、シャワー室に連れてかれるんだわ」

「じゃあ撤退じゃないってことね。まさか私たちを路上に放りだすためにシャワーを浴びさせやしないでしょ」

「まるで私たちが初めて馬鹿げたことさせられるみたいな言いぐさね」

「だって、いくらあいつらが無茶苦茶だっていっても……」。

列は一列、また一列と、ゆるゆる崩れていった。一列、また一列と、女たちはシャワー室に入っていった。最初にシャワーを浴びた女たちはもう外に出ていて、カポたちがメインストリートで別の列に並ばせていた。私たちの番が来ると、シャワー室の水はもうなかった。それでも私たちは服を脱がされた。「ワンピースを脱げ。靴は取っておけ。飯盒は返すように」。SSの医師がいて、何人かのSSの男女を取り巻きに、みんなで私たちを診察していた。私たちには相変わらず何もわかっておらず、特に彼らがどうして、髪を丸刈りにされたばかりの女たちを脇に退けるのかがわからなかった。何人か、それほど大勢ではないものの、シラミがいるからという口実で、つい最近また髪を剃られた女たちがいたのだ。ＳＳたちはこの女たちを別の一列に押しやったので、仲間と引き離されたこの不幸な女たちは絶望していた。それ以外の女たちは真っ裸で靴を手に医師の前を通らされ、この医師はでたらめに触診しながら自分の前を通過する女たちを見てじきに満足した。診察が終わると、シャワー室に雇われた女囚が、一人一人に縞模様の囚人服を一セットずつ手渡していった。それは先ほど脱いだばかりの囚人服とほぼ同じものだったが、囚人番号が剝ぎとられていた。それから私たちは五人ずつシャワー室を出て、収容所通り（ラーゲルシュトラーセ）にできた隊列に加わり、この隊列は収容所広場（ラーゲルプラッツ）の方陣が小さくなるにつれ、膨れあがっていった。

　私たちは待機して自問自答を続けていた。「ねえ、何かわかった？」にわかに、ある噂が列をどよめかせる。「私たち解放されるのよ。フランス人の女は解放される」。疲れきった微笑の数々がこのニュースを迎える。「そうねもちろんよ？　あいつら先月も解放したもの。カナダ人たちと一緒に出発した女たちを」――「彼女たちは出発した、たぶんね。でもどこかに着いたって聞いた？」――「解放して私たちをどこにやるってのよ？　むしろあいつらこんなふうに私たちを外に放りだそうとしてるんだわ……ＳＳや犬たちと一緒に」。

　別の噂が出てきた。「収容所の前で待ってるトラックがいるわ」――「ええ、あれは夕べ着いたの」――「トラックが？　その目で見たの？」――「見てないわ、マルタから聞いたの。彼女が見たって」

「この目で見るまで信じないわよ、私は」

「その目で見れる頃にはもう……。そのトラックが私たち用だなんて誰が言うと思う？」

「何にせよ何かある……」

「みんな黒い移送[59]ってことも十分ありうるわね……」

「あんたが隊長ならさぞかしみんなの戦意を喪失させるでしょうよ」

新たなグループがシャワー室から出てきて、隊列が大きくなってくる。「私たち着替えなかったわよ。シャワー室も通らなかった。囚人番号を服から剝がして屑カゴに捨てろって言われたの」――「もう水もワンピースもないってわけね」。

日が暮れてきた。誰かが言う。「雨が降ってるみたい。しずくが顔に当たったもの」。みんな確かめようと手を出した。小雨で、そんなに困らないくらいの雨だった。最初の興奮は冷めていた。体が冷えてぐったりと疲れてきて、待ち時間を長いと感じはじめていた。だが、足踏みするしかない。あらゆる憶測もネタが尽きてしまった。

にわかにプフラオムが到着し、自転車から飛び降りてそれを脇に投げだし、隊列を見張っていたSSの女の一人に言う――「今晩こいつらは出発しない。夜は懲罰(シュトラーフ)ブロックに！」

またたくまにこのニュースが広まる。「私たち懲罰(シュトラーフ)ブロック行きよ」、みんな恐怖に硬直する。懲罰用ブロックは少し離れた鉄条網の裏にあり、恐怖の源泉だった。そこで起きていたこと、間違いなくぞっとするであろうことを、私たちは知らなかった。

のろのろと、くたびれた足取りで隊列はそのバラックに進み、なだれこむ。バラックは空っぽだった。ここにいた人たち、罰を受けていた人たちはどこにやられてしまったのだろう。[60]床板は洗われたばかりでまだ濡れていた。湿った木の香りが私たちを出迎えた。「ベッドに！横になれ！」叫んだのは女子ブロック長で、ドイツ人の女だった。

「パンを一食分ケチろうってわけね」。夜食のパンはまだ配給されていなかった。とはいえ誰もさして気にはしなかった。何時間も待たされてくたびれきっていたので、みんな横になりたいと望むばかりだったのだ。マドと私がこのバラックに入ったとき、寝床は全て埋まっていた。私たちの座れる場所はもはや、奥にテーブルとスツールが積まれている食堂の濡れた床くらいだった。少数グループで新たに到着した女たちが地べたに座ってしばらくすると、あちこちのグループで質問が行き交いはじめた——「あんた本当に信じてるわけ？」

「もう！　聞いてってば！　今度こそ本当に本当らしいのよ」

「収容所から撤退するなら、囚人番号剝ぎとることなかったじゃない」

「シャワー浴びさせる必要もね」

「私たちがアウシュヴィッツを出たときは荷物を返してもらえたけど」

「時間があったのよ、去年は。今回は時間がなかったみたいね」

「まあね、でもどこ行くわけ？　アメリカ軍が五十キロ先まで迫ってるって話よ」

「だからこそよ。私たちを最初に会ったアメリカ軍の拠点に返すためなの」

「あんたどうかしてんじゃないの。闘いはまだ続いてるのよ。私たちに戦線横切らせるっての？」

「一時休戦するんじゃないかしら、私たちが通る時間に」。応じたのは懐疑的な笑みばかり。楽観的すぎたのだ、その女は。

力尽きて無言で横になる女たちがいた。壁に寄りかかり、朝を迎えられるか心配するように自分の呼吸を数え、心臓がきちんと脈打てるよう補助するみたいに胸に手を当てている女たちもいた。そこかしこでおしゃべりが続き、希望——少し無理のある——と恐怖のあいだを揺れうごきながら、あれこれ尋ねあった。

「ねえ、自由の身になったらまず何したい？」

「食べたいわ。鶏を丸ごと独り占めしてね。よく焼いたローストチキン、肉がペリッと剥がれる骨付き肉よ」

「私はカリッとした歯応えのあるものがいいな」

「腿肉を丸ごと口の中で嚙みしめたい……」

「滴る肉汁と一緒にね……ああ、だめ。私、お皿の上でナイフとフォーク使って食べ物切れるだけでも嬉しすぎて」

「私は、ちゃんと甘くてちゃんと濃厚な美味しいチョコレートと、バターのタルティーヌ。

パンと同じくらいの厚さにバターを塗りたくるの、噛みつくと分厚いバターの層に歯形がつくくらい」

「私はまずあったかいお風呂に浸かると思う。ラベンダーのバスソルトで匂いつけて」

「高級娼婦ね」

「うーん、私は無理。まずは寝るでしょうね。入れるとしてもお風呂に入ろうなんて気になれないと思う」

「気持ちいいじゃない、あったかくてきれいなお湯よ」

「翌日ならね。まずは寝る、それから食べ物をベッドまで持ってきてもらう」

「私は寝たら翌日起きれない気がする。来る日も来る日も寝てるかも」

「私は煙草が一本欲しい。本物の一本よ。一本独り占め」

まれに煙草が一本私たちの手に入ることがあるにはあった。ＳＳから盗んだジプシーたちが、煙草一本をパン一食分と引き換えに売っていたのだ。自分の支払いを済ませた女たちはそれぞれ煙草を一回ずつ吸うことができたものの、他の女たちから口々に非難されることになった――「あんたたちいかれてんじゃない？　死なないためにぎりぎり必要なだけしかない食べ物を煙草と交換しちゃうなんて……」と。

「で、あんたは何したい？」

「私は何も」

「何も？」

「ええ、何も。信じたいだけ。きっとできるって。元の生活に慣れることができるって」

「さっさと慣れなきゃだめよ」

「朝寝坊するのに慣れて、あちこち好きなとこに行けるのに慣れる……無理だわ、そんなにすぐ戻れるはずない」

「だからってやきもきしなきゃいけないわけじゃないのよ」

「それもそうね、私たちまだ帰れたわけじゃないし」。

一番元気だった女たちにも疲労が襲った。トーンが低くなり、声が弱くなった。沈黙が囁き声に分け入り、この沈黙の合間に、壁に寄りかかった女たちの苦しげな寝息が聴こえた。開いた口、据わった目。しょっちゅう誰かが共同大寝室から出ていき、別の誰かが部屋の片隅で身を起こした。彼女たちは床に座っている女たちをまたいでトイレに行くか、こんなふうに尋ねにいくのだった。「誰かコップ持ってない？　マルゴーに水があればいいんだけど、気分が悪いんだって」。

「シュゾン母さんがもちそうにないの。呼吸が荒いし。私たち不安で不安で」

叫び声。最初は遠くのほうで聴こえていただけだったその声は、すぐにおしゃべりを黙らせた。

「ジャネットよ。うわごと言ってるの。焼けるような熱で」

「どうしてあいつら診察で彼女を見逃したのかしら。チフスに罹ってるのは一目瞭然でしょ」

「あいつらが彼女を外に出さなきゃよかったのにって？」

チフスにかかった他の女たち――みんな寝たきりで身を震わせ、ほとんど栗色になったくすんだ濃褐色の顔の中で唇は色を失くしている――の傍らに座り、ジャネットはがっくりと身を崩していた。

おしゃべりがまた始まった。「私は何も言わずに到着してみせるわ。いないいない！　ばあって！」

「是非ともやりゃいいわよ。フランスでは電話が通じると思う？」

「私たち一人ずつ到着するわけじゃないんだから。みんな駅で私たちを待ってるでしょ」

「ほんと、五月一日に着いてくれたら最高なんだけど」

「五月一日の行進がしたいわけ？」

「もちろんよ。私たちもう解放の行進には立ち会いそこねてるんだから[61]」

「私は、行進する姿をあんたに見られることはまずないわ。おかげさまで。ここの行進で間に合ってますから」

「五列で行進ってことはもうないでしょ……」

「五列だろうが十列だろうが行進はもうこりごり」

「ここじゃいつも朝四時に起きてたからもう二度と早起きすることはないって言ってるみたい」

「そのとおりよ。日の出という日の出をもう一生分見ちゃったんだから。もしまた日の出を見るとしたら、レ・アールでオニオンスープ[62]飲んで帰ってくるときくらいね。それにたとえ……」

「帰ったら何かが変わってるはずよ」

「もう、何言ってんのよ、去年出発したときだってもういろいろ変わってたじゃない」

「そうよね、あんたたちはここに来て一年も経ってないもんね」

「とんだおバカさんよね、アメリカ軍がオルレアン門まで迫ってるってときにロマンヴィルに引っぱられるなんて[63]」

「何が一番おかしいって、私たちがむしろ陽気に出発したってことよ。往復切符の旅だって信じて疑わなかった。ちょっと何が起こってるか見学して、ニュース持ち帰ろうなんてさ」

「この冬の長かったこと。パリ解放から長かったこと。奴らよくもまあ極限まで闘ったわよね」

「私たちをこうやって放りだすためにあいつらが極限まで闘ったとでも?」

「私、家を出たとき洗濯物を火にかざしてるとこだったの」

「今頃よく焼けてるでしょ」

「ううん、刑事がガスの火を消したわ」

「本物の守護天使ね」

「今頃誰かがあんたんちに来て全部片づけてるわよ」

「無理よ、誰も私がどこに住んでたか知らないもの」

「ポストカードでも送れたらよかったのにね」

「馬鹿じゃないの！」

「でもね、できるなら本当にそうしたいわよ。ラーフェンスブリュックの煙草屋に行って、ポストカード買ってさ」

「お金(マルク)なんて持ってないでしょ」

「私は一分たりともその辺で時間潰したりしない。自由になるのは付近を見物するためじゃないし」

「私だって一刻も早く外に出たいけど、早く帰りたいってわけじゃないのよ。何が私を待ってるかわかるもの、何が私を待ってないかも。もし帰れても私は家族の中で唯一の生き残りでしょうし」

「私の家に来なさいよ、三十人以上いるわよ」

「出身はどこなの？」

「ポアトゥーよ。帰ったらモンジェット[64]料理を作ってもらうわ」

「何料理？」

「何それ？」

「インゲンマメよ。白インゲンを豚の皮と一緒に煮るの。母のお手製……トロッとして、とけちゃいそうなの！」

「あんたたちの話はいつも食べることばっかで飲み物は皆無ね。私が欲しいのは、何か美味しい飲み物、本当に美味しい飲み物よ」

「美味しいコーヒー」

「出発前にコーヒーって配給されるかしら？　ちょっとのど渇いちゃった……」。

みんな黙りこむ。扉がいきなりバタンと開く。プフラオムが戸口に現れ、走ってきた人のようにぜいぜいと息を切らしている。扉の近くの小部屋で横になっていた女子ブロック長が、彼のほうに進みでる。「こいつらをそれぞれのブロックに返すように。出発は取りやめだ」。彼はドイツ語で言うと、踵を返す。

「何なの？　何て言ったの？」

戸惑いがちに、扉の近くに座っていた一人の女が声を上げる――「彼はこう言ったの。こいつらをそれぞれのブロックに返すように。出発は取りやめだ」。

一瞬の呆然自失。叫び声。喘鳴（ぜんめい）。もっと長い叫び声。何もかもが崩れおちたかのようだ。

女子ブロック長が食堂を突っきって怒鳴りちらす。「起立！　点呼に！」点呼に！　女たちのそれぞれが悪夢に囚われたように感じている。女子ブロック長がまた唸る。「整列！外に整列だ！　各自ブロックに帰れ！」

寝ていた女たちがすっかり面食らって共同大寝室から出てくる。「どうなってるの？　出発？」

朝の四時くらいに違いなかった。漆黒の夜だった。ぐったりと、馬鹿みたいに整列する。寒かった。身を寄せあい体を暖めて夜を越えた私たちに、じめっとした寒さが沁みこんでいった。女子ブロック長が最高に美しい声で叫ぶ。「各自ブロックに帰って点呼に整列するように！」

女たちはふらつき、呆然として外に出た。自由に向けて行進するためならまだいのちを振り絞ることもできたはずの病人たちが引きずられてきた。彼女たちは今や立っていることすらできなくなっていた。ほとんど気絶しそうになりながら、唇を動かして説明を求める女たちもいた。誰も何も言えず、何も説明できなかった。

一歩ずつ、身を支えあいながら、私たちはすでに点呼の列に並んでいるかつての仲間たちのもとに合流する。彼女たちはわけもわからずに、かといって問いかけることもせずに、私たちを見つめる。この古参の女囚たち、チェコ人とポーランド人の女たちは、ずいぶん前から質問する習慣を失くしていた。

点呼のあと、いつもどおりに事が進んだが、何かがおかしかった。私たちはもう労働に向かわされなかった。赤バンドたちはもう収容所の通りで取り締まりをしていなかった。システム全体の番狂わせには、この出発の真似事で十分だったのだ。スープが用意される時間もいいかげんだった。スープがないこともあったし、多すぎることもあった。

私たちは手持無沙汰になり、ポカンとしていた。収容所のそこかしこに足を運び、SSたちの頭ごしに狼狽や思惑を示す身振りを読みとろうとした。もうほとんどSSには遭遇しなかった。私たちは事務所で働いていた女たちを探した――きっと彼女たちなら何か聞いているのではないか。そうやって私たちは、来る日も来る日も、あの人やこの人が死んでいくのを眺めていた。生きるか死ぬかの瀬戸際にいて、もしその日に解放されていたら救うことができたはずの人たちだった。彼女たちは感傷に溺れ、悲しみに暮れて死んでいった。その胸に希望を脈打たせながら死んでいった。

出会う顔はことごとく、こう問い尋ねる顔、熱烈に問う顔だった。「私たち出発するのかしら？　ねえどう思う？」

「どうも何もないわ。どう思えばいいっていうの？」

「聞いてよ。私たちは解放されなきゃなんないの。私はもたないもの。もうもたないもの」ほとんど聞きとれない声、こけた唇、開いた瞳孔で、彼女は私をじっと見つめていた、そのまなざしが懇願していた――「私は死んじゃうわ」、語ったのは彼女のまなざしだ。「今すぐここを出なきゃ死んでしまう」。

「もうそんなにかからない。あと少しの辛抱よ」

「だめ、もう無理よ。本当なの。今回ばかりはもう無理」。

それは事実だった。彼女の言葉を否定することはできない。萎えた植物のようにヘナヘナと、彼女は私にしがみついていた。他の女たちはどうか。窪んだ眼窩、鉛のように重いまぶた、あとほんの数日であれ、彼女たちのどこにこれ以上耐える力が残っているだろう。彼女たちの懇願するまなざしは、すでに死に捕まったその体の中で唯一生きている部分だった。

とうとう、本当には答えることのできないこの質問に嫌気が差した私は、こう答えることにした。「そうよ、そう、私たちは出発する。二十三日に出発することになってるの」。

「二十三日っていつ？」

「来週の月曜日よ」

「何で二十三日なの？　わかるの？　どうやって知ったのよ？」

「わかるのよ。どうしてって訊かないで。私たち二十三日に出発することになってるんだから」

「私それまでもつかしら」

「もちろん、もつわよ。さあ横になって」

頭の中で日にちを数えなおしたあと、彼女はもう一度訊いた。「どうして二十三日なの？」

「だって、私に起こることは全部、二十三日に起こるから」。

もう何日も前から講義のあいだ私の隣に座っていた青年が、その日は私が教室を出るのを隣で待ちかまえていて、私を見つめる勇気もないのにこう尋ねた。「どっちに行きますか？一緒に行ってもいいですか？」彼は私の右に立ち、無言で歩いた。私たちはサン‐ミシェル通りを下っていた。夕方で、にわか雨が通り過ぎたあとだった。私たちは黙々と歩いていて、彼は会話を始めるきっかけを探していた。ちらちら盗み見ていると、何を言っていいかわからず彼がどんどん途方に暮れていくのがわかった。それがおかしくて、私は彼に何も助け舟を出さなかった。

サン‐ジェルマン通りの角、クリュニー修道院の柵沿いに、花売りの屋台が出ていた。ハーブを模した人工芝に覆われた柳のカゴがあり、その上にスミレの花束が並んでいた。スミレの花々のあいだに挿された石盤にはこう書かれていた——今日は四月二十三日。聖ジョルジュの日。[65]

「僕の祭日だ」、青年がついに口火を切る。

「ジョルジュって名前なんですか？」

大胆になった彼は、さらに言う——「自分の祭日にあなたに出会えたなんて僕はついてますね」

「ハンサムな聖人なんですよね、聖ジョルジュは。漆黒の鎧に肩までなびく見事な金髪、馬にまっすぐまたがった美青年で、長槍を竜の口に突き立てる」

「僕も彼と同じくらいあなたに好かれたい」。

そう言った青年は、臆病を克服してついに私の腕を取った。私は彼をとてもハンサムだと思った。少ししてから、彼は私にスミレの花束をプレゼントしようとしていたことを告白した。私に馬鹿にされるのがこわくてできなかったことも。

あの日も二十三日だった、五月二十三日、私がサンテ監獄の彼の監房に呼ばれたとき。最期の別れを告げさせられるために、私もそこに拘留されていたのだ。私のハンサムな聖ジョルジュは、竜を打ちたおしながら死んでいった。臆病で勇敢な、私のハンサムな聖ジョルジュ。


とはいえ当時のラーフェンスブリュックで、懇願する女たちに出発は二十三日だと希望を与えた私は、思い出に浸っていたわけではなかった。まだ浸れるときではなかった。

何故私は出発が二十三日だと言ったのか？　験(げん)を担いだわけではない。耐えきれなかったのだ。同情からだった。一筋のほのかな希望の光を乞い、ほんのひとかけらの確信を乞うあんなまなざしにはもう耐えられなかったから。だから私はこう言ったのだ――「私たちは二十三日に出発することになってるの」。私があまりに迫真の演技で保証したので、彼女たちも元気を取り戻して帰っていった。

私たちは二十三日に出発した、四月の二十三日。それを証言してくれるマドがいなければ、私は自分の予言をあえて覚えてもいないだろう。

永別（アデュー）

錠前に鍵が差しこまれる音で、私たちは目を覚ました。かろうじて日が昇る頃だった。監房にはかろうじて光が射しこんでいた。一人の兵士が扉の枠の中にいて、私の名を呼び、着替えろと命じた。言葉を変形させ、その語に、ある致命的な意味を与える口調で。「服を着てください、ご主人に会いたければ——もう一度」。彼は「もう一度」と言う前に間を置いた。致命的な意味。私が着替えているあいだ、彼は扉を少し開けたまま回廊に出ていた。同じ監房の仲間たちも起きていた。彼女たちは私の身の回り品をこちらに差しだし、思いやりと憐れみに満ちた仕草で、彼女たちが私に思いやりと憐れみを伝えることのできる唯一のやり方で、身支度を手伝ってくれた。両側を二人の兵士に固められ、私は十字路や曲がり角のある暗く長い回廊を渡り、複雑な道を辿った。兵士たちのブーツの靴音が敷石の上で響いていた。私たちは早足で歩いた。

もっと速く歩けたらよかったのに。彼らは扉の開け放たれた監房に私を放した。壁に寄りかかって、ジョルジュが私を待っていた。その微笑みを私は決して忘れることはないだろう。

言いたいことを全て言うあう時間は、私たちにはほとんどなかった。兵士の一人が私を呼んだ、「マダム！」——相変わらず言葉に、ある致命的な意味を与える口調で。私は身振りで応じた。待ってください。あと一分。もう一分だけ、もう一秒だけでいいから私たちにください。身振りで伝えた。兵士はもう一度私を呼んだけれど、私はジョルジュの手を放さなかった。三度目の呼び声で、出発しなければならなかった。死にゆく騎士に別れを告げるとき、水の精の王に三度呼ばれなければならなかったオンディーヌのように。[66]オンディーヌは三度目の呼び声で忘却し、水の底に帰ることになるが、オンディーヌのように私も忘れることになる——そう知っていた。呼吸しつづけることは忘れることであり、思い出しつづけることは忘れることであり、生と死のあいだには、地上と、オンディーヌが忘れるために帰っていった水の世界とのあいだよりも、もっと大きな隔たりがあるのだから。

　兵士たちは私を私の監房に連れもどした。彼らは私を押しこもうとした。私が戸口で立ち尽くし、彼らが扉を再び閉じるのを邪魔していたから。監房の中に足を進めた。仲間たちが私を迎えにきてくれた。私はふらついた——ああ、せいぜい、ちょっと足を取られただけであるかのように——彼女たちは私を私の寝台に寝かせた。何も私に尋ねなかった。私のほうも彼女たちには何も話さなかった。私が彼に言ったことを、死んでいこうとする彼に言ったことを何も。

私は彼に言った
何てハンサムなの。
刻々と目に見えてくる死によって彼は美しかった。
本当にそれは美しくするのだ
死は。
お気づきでしょうか
彼らがどんな
死者たちなのか、まさにそのとき
彼らがどんなに若くたくましいか
今年の屍たちが。
それは日ごとに若返るのだ
死は

今年
昨日の青年は十九歳にもなっていなかった。
私は思い知らされる　死より他には何もないのだ
生きているあなたを美しく飾るものは
その顔を子どもの頃に戻すものは。
死によって彼は美しかった
刻々と美しくなっていった
死が彼の上に身を置こうとしたとき
彼の微笑みに貼りつこうとしたとき
彼の目に
彼の心臓に
今まさに高鳴り
今まさに生きている彼の心臓に。
彼が美しくなっていっただけにいっそうおそろしい
彼らが若返り美しくなっていっただけに
いっそうおそろしい
一人残らず

横並びに寝かせられ
永久(とこしえ)に美しく
仲良さそうに
一列に並べられ
人間が麦の穂のように刈りとられるとき
旬の麦の穂　実った種子
旬の人間が
抵抗の夏に
人間が麦の穂のように寝かされるとき
弾丸に臨むまなざし
差しだされる胸
引き裂かれる胸　射抜かれる心の臓
選びし者たち。

彼をこれほどに美しくしたのは
選んだということ
自分の人生(いのち)を選び、自分の死を選んだということ先に見ていたということ。

最後の夜

いくつかの細かな点を除けば、何もかも先週の日曜日と同じように進んでいたはずだ。喧噪、叫び声、正午過ぎにキッチン前に集合。その日も日曜日だった。

私たちは並ぶ。列が数えられる。命令は行き交うものの、先週の日曜よりも迫力に欠け、唸り声も少ない。先週の日曜と同じく何も漏れ伝わってはこなくて、再び出発の場面が演じられそうな兆候は何もなかった。いきなり、フランス人、ベルギー人、ルクセンブルク人の女性たちは迅速に収容所広場（ラーゲルプラッツ）に集合しなければならなくなった。再び列が数えられる。女子ブロック長たちが巨大な名簿を胸に抱え、目の前の女たちの人数と名簿に記載された人数が一致するか確かめている。長い長い、全員分の人数計算。長い長い、全員分の人数確認。

「で、またシャワーのやりなおしってわけ？　今度こそ水があればいいんだけど」

シャワーもなければ選別もなかった。ただ追加の手続きがあっただけだ。先週の日曜からずっとそうだったように、私たちはもうワンピースにも上着にも囚人番号を付けていなかった——ようやく私にはその理由がわかる——彼らは身元を書き留めることに決めていたのだ。

土台に固定された板張りのテーブルが横の通りに設置されていた。政治局（ポリティッシェ）の女囚が二人座っていて、自分たちの目の前にノートを広げている。私たちは並んで待った。後ろのほうの女たちは前のほうに並んでいる女たちに尋ねた。「何をしなきゃいけないわけ？　あの子たち何書いてるの？　何訊かれてる？」

　前の女たちが知らせると、情報が前から後ろの列にどんどん伝わっていった。「名前、生年月日、父親のフルネームと生年月日を訊かれるのよ」。

「誰の生年月日？」

「あんたの父さんよ」。

　何が必要なのか知り、躊躇なく答えられるように準備しておくのが賢明だった。何人かの女たちの場合には、少し考える必要があった。自分の偽名をでっちあげるためではなく、父親の偽名と生年月日をでっちあげるために頭を悩ませているのだ。しかも到着時に同じ質問にすでに答えていた女たちは、自分たちが申告したことや収容カードに記載したことを思い出さなければならなかった。「私がでっちあげた父親のファーストネーム、ちっとも思い出せない」――「本当の名前は名乗らなかったの？」――「私の本当の名前はあいつらには一度もバレなかった。フランス警察にもね」――「捜査するのは簡単よ」――「あんたが死んでても？」――「私、死なずに死んだも同然だもの。まさに不死身でしょ」――「こんなの意味あると思ってるわけ？　見事な紙屑の山ができてるみたいじゃない」。

「今回ばかりは出発ね。間違いなく今だわ」

「あんたたちあいつらのことまるでわかってないようね。私たちのいた要塞ではね、ある朝、奴らがとある女囚を探しにきたの。あたかも釈放するような猿真似してたわ。彼女にハンドバッグと書類を返してね。帰り道に気をつけて、なんて声さえかけてたのに、彼女、死刑囚の独房に逆戻りよ。あの子あれからどうなったのかしら。私たちと一緒にここには移送されてこなかったけど」

「最高に愉快な思い出話はそれで終わり？」

「ねえ私の父親のファーストネームと生年月日考えて」

「適当に言いなさいよ。絶対もう何の意味もないわ、あんな見世物。自分たちの書類に何書いてるかももうわかっちゃいないわよ」

「連合軍に何も見つからないように全部燃やしたはずだしね」

「ならどうしてまた別の書類が必要なわけ？　身元なんか知らなくても私たちを解放できるはずでしょ。どっちにしたって私たちパスポートなしで旅行することになるんだろうし」

「無駄な書類作成を見るのはこれが初めてだとでも？」

「ずらかる前に平気な顔してるだけよ。私たちは出発し、奴らは消える。捕虜になるなんてまっぴらだろうし」

「あいつら消えてなくなるわよ、ドロン、ってね！　映画でも見てるみたいにさ」

「こないだSSの女がね――ねえ、最近ずっとあの人たちがアタッシュケースまるごと手に抱えてるの気づいた？――こないだSSの女がアタッシュケース落としたら、ケースが開いて地面に全部ばらまかれちゃったの。私服が入ってたのよ、スカートにブラウスにジャケットに靴。着替え一式よ。ジャンヌが見たんですって。これって姿をくらますため、でしょ？」

私たちはのんびり前に進んでいた。身元の記入作業はのろのろしていた。記録している女たちはチェコ人かポーランド人だった。彼女たちは私たちの言ったことをうまく聞きとれず、書きとれなかった。しかも私たちに手伝ってくれと頼ることもできないときた！　何も私たちが彼女たちに敵意を抱いているからでは全然ない。身元が間違っていてくれたほうが私たちにはむしろ都合がよかったからだ。

列はバラバラになっていった。女SSたちはその場で監視しているものの、うんざりしたような顔をしていて、命令を守らせ並ばせるために口出ししてこようともしなかった。

「本当にもう幕切れね」。

確かに規律は緩んでいた。一番くたびれた女たちは地べたに座っていた。それ以外はあちこちのグループにおしゃべりに行っていた。突然、どこからやってきたのか、平らな運搬台の付いた荷車が二人の赤バンドに牽かれて小路の先に現れた。女SSたちに呼ばれて、テーブルの前に並んで待っていた列はそのまま、段ボール箱を積んだ荷車のほうに移動する。赤バンドとＳＳたちが箱を配る。一人一箱。カナダ赤十字からの小包みだった。みんなそそくさと自分の小包みを開けることに専念しはじめ、身元確認のテーブルに進むことなどもう眼中になくなる。とはいえ、結局みんな、揉みくちゃになりながら身元確認を終え、五列縦隊で収容所通り（ラーゲルシュトラーセ）にまた整列しなければならなかった。

　夕暮れどきだった。先週の日曜日と同じく雨が降り、霧雨で身元確認のノートの文字が滲んでいた。小包みに入っていた食べ物――ビスケット、乾パンのスライス、コーンビーフの缶詰、その他諸々、箱の中にぎっしり詰めこまれたあらゆるもの――を開けられたものから順に頬張りながら、私たちは待っていた。待っている、ずっと待っている。私たちは限界まで待たされることになるだろう……。みんな自分の箱の中をあさり、口々にこんなものが入ってたわよと叫んだ。どの箱の中身も全く同じだった。アメリカ煙草が一箱入ってさえいた。私が最初に開けたのはまさにこの煙草の箱だ。私は煙草を一本取りだした。少しぎこちなく指のあいだに挟んでからこう思った――マッチを入れてくれてもよかったのに。明らかに、マッチのことは念頭になかったのだ。この小包みは兵士用の小包みで、兵士たちは火に困ることがない。私はこの煙草にどうしても火をつけたいという欲求に抗えなくなった。そっとＳＳの女に歩みより、火を貸してほしいと頼んだ。戸惑いも驚きもせず、まるで普通の町にいるみたいにごく自然に、彼女はポケットからライターを取りだして私に差しだした。私は煙草に火を点け、ＳＳの女の鼻先で一服吹かしてからライターを返した。彼女は自分のライターを受けとって言った――「ありがとう（ダンケ）」。確実に、もう幕切れなのだった。

その煙草は期待していたほど爽快ではなかった。最初の煙草だと心して吸うべきだったのだ。それなのに私は、少し無理して先のほうまで吸ってしまった。頭がくらくらした。

この小包みには、あらゆるものが準備よく詰めこまれていた。知らない形の蓋がたくさんあった。回して外す蓋や、金属のタブを上に引っぱってから持ちあげる蓋。食べるのが一番簡単そうな形のものから全部口に入れていく――ビスケット、チョコレート、砂糖、中にはバターの箱に手をつけた者もいた。二本の指を箱の中に突っこみ、バターをひとかたまり舌の上に塗って、飴玉のようにするのだ。「これ塩バターよ」――「私、なんかわからないもの食べてるけど、すっごく美味しい」――「見せて！　ああ、青い箱ね。ピーナッツバターよ。滋養がつくわ」。

私たちは待っていた。待ち時間にはきりがなかった。雨はもう止んでいた。空が晴れていた。夜が落ちてきた。投光器が点いた。すると先週の日曜日のように、プフラオムが自転車に乗って到着するのが見えた。ハンドルから手を離し、ＳＳの女の一人に「こいつらは今晩出発しないぞ」と言い放ち、どのブロックで私たちに夜を越させるか指示を出した。すると先週の日曜日のように、心細げな疑問の声が噴出する。

「何て言ったの？　わかった？　あんたドイツ語できるから聞きとれたでしょ？」

「私たちは今晩出発しないって言ったのよ」

「あいつら先週の日曜と同じ手を打ってきたわけね」

「ねえ、出発しないんだって」。やつれた顔の若い子が私に言う。

私のほうは動じない。「私たちは二十三日に出発するって言ったでしょ。二十三日は明日よ」。

「まだ私たちが出発するなんて信じてるの？」

「明日よ。絶対そう」

彼女は私にまなざしで感謝を伝えた。ただひたすらに信じたいと願うまなざし、にもかかわらず精彩に欠けたまなざしで。

「元気出して、ね。これがここで過ごす最後の夜よ」。

隊列は動きだし、私たちは収容所の端から端を横切って、収容所の奥の閑散とした区画を横断して、空っぽのバラックに落ち着いた。すぐさま、みんなベッドを陣取った。今回は、全員分のベッドがあった。私たちはくたくたに疲れきっていて、眠れるときにはいち早く一晩ぐっすり眠ることが伸びきってしまわないためにどれほど大切か、知りすぎるほどに知っていた。自分の大事な小包みを抱きしめながら、みんながみんな眠りに就いた。私以外はみんな。

小包みの中にはインスタントコーヒーが一箱入っていた。飲み方の欄には冷水でも作れると書いてある。コーヒーに煙草！　私が何より欲しかったもの。私はカップを一つ大事に持っていた。ジョッキのように取っ手のついた赤褐色のホウロウ製のコップ——私は片時も自分専用のこのカップを手放さなかった。箱に入っていた小さな紙スプーン、一すくいが一杯分にあたるスプーンで、カップに二杯分の粉を入れた。それでも薄すぎるような気がした。もう少し粉を足した。手洗い場の水道で、慎重に水を出した。ほぼ一滴ずつ、粉を無駄にしないように、きちんと濃い本物の美味しいコーヒーを飲むために。砂糖が冷水に溶けるには時間がかかった。私は辛抱強く待った。本物の喜びを、心して待つことができる。残念なことに、コーヒーと一緒に煙草を吹かすための火はもうなかった。仕方ない。それはまた明日にしよう。コーヒーを軽く一口飲んだ。期待したほどの喜びは訪れない。苦かった。最初のコーヒー……。喜びに、味覚に、コーヒーの味に、煙草の味に再び慣れなければならなかったのだ。それに品質が悪かったせいもあるだろう、インスタントコーヒーは本物のコーヒーとは比べ物にならない。煙草のときと同じように、私は少し無理して飲みおえた。カップをすすぎ、友人たちが私のために隣に一人分確保してくれている共同大寝室の私の寝床に戻った。横になったとたん、奇妙な感覚に襲われた。何が私に起こってるの、自分自身に問いかける。不安がのどを締めつけていた。心臓の鼓動が激しく脈打って体がガタガタ震え、あまりに激しいのでドキドキ鳴る音が耳を塞ぐほどだった。耳が痛いほどガンガンと鳴り、心臓が痛いほど胸の中で跳ねあがり、呼吸するためにめいっぱい鼻孔を膨らませ口を大きく開けているのに、窒息しそうだった。

「どこ行くの?」と、私が寝床を下りる音を聞きつけてマドが尋ねた。

私は身振りで手洗い場の方向を示した。マドはたぶん暗がりで私の身振りが見えなかったのだろう。またすぐに寝入ってしまった。私は共同大寝室から出た。息が詰まりそうだった。私には空気が必要だった。何とかバラックの入り口まで辿りつき、扉を開けることができた。息切れがして、気が遠くなった。扉の枠にもたれて立ち、夜に顔を向け、引き裂かれそうな痛みを鎮めるために心臓に両手を押しつけた。ワンピースが邪魔だった。ワンピースのボタンを外した。『人間嫌い』、その硬いわずかな厚み——私が慣れ親しんできたもの、冬のあいだじゅう私を温めてさえくれたもの——『人間嫌い』が邪魔だった。私はそれを足元に投げた。空気を吸おうとして息を吸いこむたび、私は死ぬのだと思った。ラーフェンスブリュックでの最後の夜。私の最後の夜。私は死んでいこうとしていた、『人間嫌い』をそらで暗唱することができ、それがもう要らなくなろうとしているこのときに。どうかしていたのだ。愚かな賭けをする者と同じくらい愚かに、私は死んでいこうとしていた。跳ねあがる心臓がのどまで出かかっていて、窒息しそうなほど、のどを締めつけていた。息継ぎするたび、これで最後だと思った。痛くて、痛くて、痛くて。戸口にもたれ、夜に顔が凍り、こめかみは殴られたようで——ああ、何てこめかみが痛かっただろう——額に汗が滲んでいた、不安に滲む汗だった。抑えがたく口が捻じまがり、なすすべなくそこかしこに心臓がぶつかり、本当に何て馬鹿らしいのだろうと思った。このバラックの戸口で死ぬなんて、自由の戸口で死ぬなんて。だって今度こそはどう考えても解放なのだ、数えきれない兆候がそれを示していた。

夜は透きとおって冷たかった。月がバラックの上に昇った、とても大きく、とても近くに。月光が屋根に青く射し、つやつやと輝いていた。私はぜいぜいと息を喘がせながら夜を見つめ、朝まで心臓がもつように自分の意志を奮い立たせた。落ち着いて、落ち着くのよ、おバカさん。心臓に命じるのはこれが初めてではなかった[67]。これまでは逆に、心臓を無理やり脈打たせようとしていたのだ。

徐々に、徐々に、鼓動の間隔が空き、私の呼吸は本来のリズムを取り戻していった。でも夜は終わってしまった。私は一晩じゅう立ちっぱなしだったのだ。夜が終わるまで耐えられたのが嬉しすぎて、ちっとも疲れは感じなかった。眠るための夜が終わっても、まだ朝ではなかった。星々が夜空で凍えていて、月が暗い空に高く昇っていた。二人のカポが到着し、ホイッスルを鳴らして、瞬くまに全員が起床した。仲間たちが私を探していた。「どこにいたのよ？　気分が悪かったの？」彼女たちは私がベッドに残してきた小包みを持ってきてくれていた。「別に、何でもないの。もう平気」。

私は彼女たちに、どうして私が夜じゅう気分が悪かったかをすぐには話さなかった。恥ずかしくてたまらなかったのだ、死ぬことをおそれた自分が恥ずかしかった。私のような古参の被収容者が……。二十七ヶ月も収容所にいて、そのあいだ一分たりとも力を無駄遣いせずに自分の心臓を管理し、最小限の動きで済むように、最小限の歩みで済むように計算し、一時間でも一日でも長く生き延びようとしてきたのに、それがこのざまだ……。新入りのように、愚か者のようにふるまうなんて。

　二人の女ＳＳがカポたちの後ろからやってきて、バラック前に整列しろと命じた。彼女たちが唸っても何の効果もなかった。女たちはバラックから出て整列したものの、ふっと、どうしたわけかばらけて、みんなで後退った。ＳＳとカポたちの唸り声はどんどん甲高くなり、あちこちで女たちをひっつかまえて、無理やり並ばせようとしたがどうにもならなかった。女たちは嫌がり、見えない力に引きずられて後退していった。

　私のグループは、絶対に焦って飛びだすことはしないできた。私たちは最前列にも最後列にもなったことはなかった。こぶしが時化（しけ）を振るうのは最前列と最後列の者たちの上だと経験から学んでいたからだ。真ん中なら普通は凪が訪れる。最初の波に疲れきった棍棒が勢いを取り戻すまでには、少し間が空く。

　外に出たとき、私たちには、どうして列が並んだそばからバラバラになっていくのかがわからなかった。少し先のほうでカポたちに殴られて再び列ができるのに、どうしてまた揉みくちゃになって退却してくるのかがわからなかった。私たちは隊列の中でも扉に一番近い場所を陣取った。私たちの前にいた女たちがみんな列から外れ、最後尾に向かって走っていた。私たちは動かなかった。どうして先を行く女たちがそこまで取り乱しているのかもまだわからなかった。誰も最前列に行こうとしなかったので、結果として、動かずにいた私たちがいつのまにか最前列になっていた。そしてこのパニックの理由がようやく私たちにもわかった。

　私たちのちょうど目の前に、ヘルメットをかぶった四人のＳＳが身構えていた。膝を地面につき、その前に機関銃を構え、縦射の姿勢でこの小路に照準を定めていたのだ。機関銃の銃身は月光の蒼白い輝きを帯びていた。私たちの覚悟はただちに決まり、示しあわせるまでもなかった。「もし撃とうとしてきたら……一分先でも一分後でも、今すぐ死ぬのと同じよ」。夜のあいだあんなに死ぬことをおそれていた私は、ちっともこわくなかった。私たちは五人とも、とても落ち着いていた。長すぎる年月を経て、私たちはもう何があってもうろたえることがなくなっていた。五人で手に手を取りあい、固く団結していた私たちは、毅然とした態度で最前列に居座り、後ろにいる他の女たちに叫んだ。「その場でじっとしてて。立ち去るのはあいつらのほうよ」。

　隊列が編成された。ＳＳとカポたちは唸るのをやめた。長い足踏みのあと、一瞬の沈黙があり、次にカポたちが怒鳴った。「行け（ロース）！」行進だ、隊列は引き金を引かれることのない機関銃に向かって真っ直ぐ行進を始めた。

　きっとそれは、司令官の最後の茶番だったのだろう。

　私が私の『人間嫌い』を忘れてきたことに気づいたのは、デンマークに着いたその晩、着替えをしているときのことだった。

自由の朝

私たちの目に映ったその男は、これまでの人生で目にしたこともないほど美しく見えた。彼は私たちを見つめていた。自分を見つめているこの女たちを見つめていた。彼女たちの目の中で、自分が人間美の最も完全な美しさを体現していることを知るよしもなく。

入り口——私たちはこれまで一度として考えたこともなかったが、驚くべきことに、この入り口は出口でもありうるのだ——の階段の上に立ち、おそらく彼は私たちがやってくるのを待っていたのだろう。ただ一人、柔らかいフェルト帽を被ったレインコートの集団の横で。

門扉は左右とも開いていた。入り口の上の反射鏡が暗夜に光を投げかけていた。男が見つめているのは光に照らされて目に届くかぎりの景色だけだったが、今まさにそこに最前列の頭たちが姿を現し、この頭たちは光の中へと前進し、前に進むたび列をなした次の頭たちが続き、また次の別の頭たちが続くので、その男にはもう、数を増して向かってくるこの頭たちしか目に入らず、じっと目を凝らし、これらの頭たち、目たちは現実のものだろうかと目を疑いつつ、光がいっそう蒼白く見せるこの頭たちに目を奪われ、その体や足を見るために目をそらすことすらできないほどだ。その体や足を目にしたら、いっそう目を疑うことになるだろう。

彼は、暗闇の底で頭たちが織りなすこの蒼白いまだらな帯、じわじわと静かに広がり前進していくこの帯を見つめている。今やいくつもの顔をはっきりと見てとることができ、どのまなざしも彼をじっと見つめているのだが、そのまなざしは最も信じがたい光景を前にしても死んだ目でいることに慣れすぎているので、この男を目にしたときの感情を外に表すことができない。驚き。疑問。

隊列が前進する。無感情。無。顔に大きく深い痕跡を刻むのは、過去の長い苦しみ、過去の長い闘いだけだ。意志と苦痛は——たぶんこの場所に入ったとき、その男が立っているあの戸口を通ったときに——顔に貼りつけられ、永遠に固まってしまったかのようだ。

隊列が前進する。門は開いているが、柵は下がっている。隊列は柵の前で止まる。女たちは男を見つめる、待っている、男も待っている。彼は、投光器が光の穴を空けている小路の端に最後尾の女たちが停止するのを待っている。隊列全体が足を止める。女たちみんなにその男が見えるようになる。みんながみんな、目にしたものを語らないまなざしで、あまりに長いことどんな表現も許されず、どんな色を表すことも禁じられていたまなざしで、彼を見つめている。たぶんこれらの存在の一つ一つには、どんな感情もなかった——じっと頑なに耐え、自分を抑えすぎたせいで、もう何も感じなくなっているのだ。

男は女たちを見つめている。彼が自分の直面している感情を表に出さないよう努力しているのがわかる。

女たちは男を見つめているが、見えてはいない。つまり、彼女たちには細かいところまでは見えておらず、彼が男であることしかわかってはいない。彼女たちには一人の男しか見えておらず、忘れられていた人間の形象が見えているにすぎない。そしてそれは、この男が目の前にいること以上に驚くべきことなのだ。

隊列が完全に停止した。足踏みがやんだ。私たちは待っている。

すると彼が口を開く。彼、その男が[68]。フェルト帽のレインコート集団はちらちらと振り返りつつ、彼にも私たちにも関わりがないふりをする。男が尋ねる――音節を区切る話し方で、学んだフランス語を話しているものの、それは中東欧のあらゆるアクセントに慣れている私たちの耳にさえ未知のアクセントに響く――彼は尋ねる、「あなたたちは、全員、フランス人女性ですか」――無音のeを力を込めて発音しながら。私たちに話しかけているのだろうか。私たちが何かを質問されることなどありうるのだろうか。誰も答えない。

ついに、最前列からこう聴こえる。「そうです」――「あなたたちは、ここの、フランス人女性全員ですか」。彼は「ここの」を強調する。

最前列の声が、外国人に応対するときのように易しい発音で答える。

「いいえ、医務室に病人がいます」

男は言う。「昨日、病人は、救出しました。百十人の病人を」。

最前列の声は答える。「それなら私たちは全員ここにいます」。

(それは間違いだった。確かに収容所司令官は前日に、間違いなく病人と言えた百十人の女たち——隊列に属する全女性たちの一体どこに、病人でない者がいたろう——を引きわたしていたが、これは医務室で寝ていた病人たちとは別だった。医務室の女たちは人前に出せるような状態ではなかったのだ。彼女たちは一万二千人の女囚たち——ポーランド人、ロシア人、チェコ人、ユーゴスラヴィア人の女たち——と一緒に残っていて、数日後にロシア兵たちに発見された)。

もっぱら彼がしゃべっているあいだに女たちが目を留めたのは、男がカーキベージュの制服を着て、鹿毛色のブーツと手袋を身に着け、片腕に赤十字の白い腕章を、反対の腕に黄十字——別の十字——の青い腕章をつけているということである。彼は細長い指に挟んだ煙草を男っぽく吸っているが、兵士の吸い方とは違う。最前列の女の一人はあとになってからそのことに触れて、こう言うことになる——「ねえ、あれってバージニア煙草の匂いだったわ」。赤十字の腕章なら私たちも知っていた。でももう一つは?

男は私たちのほうを長いこと信じたくないような目で見つめたあと、相変わらず音節を区切った発音でこう言う。「今から、私たちは、スウェーデンに向かいます」。

私たちはスウェーデンに向かう。いくつもの目が暗闇に穴を空ける、この淡くまだらな長い帯の中に、返事するものはない。がやがやする声もなく、身震い一つない。

それにしても、ここの女たちがみんなスウェーデンに向けて出発することになるなんて、予想できた人がいただろうか。いるはずがない。たかだか一時間前には、SSたちが、出発のために集められ夜を越した女たちをバラックから追いだしていた。あのときは、銃身に短い銃剣をぎらつかせ武装した大勢のSSたちの前にいたのだ。機関銃の前に並んだあのときにはみんな、これは待ちこがれた出発ではなく、収容所からの撤退――来る日も来る日も行進を続ける隊列、力尽きて倒れる女たちがSSによってこめかみか額に銃弾を撃ちこまれることになる撤退――だと信じこんでいた。私たちは一月のアウシュヴィッツ撤退[69]をすでに聞き知っていた。死体の上に降り、死体を覆う雪の下で、何人もの人々が一歩ずつシレジアの路上を進んだことを知っていた。私たちは、西部のとある収容所から男たちが撤退してきた様子も目にしていた。彼らは何百キロも自分の足で歩きとおして、その途上で仲間たちをほとんど全員亡くしていた。ここ、ベルリン北方で、私たちは接近してくるロシア戦線とアメリカ戦線に挟み撃ちされた、帝国の最後の修羅場にいる。そんな私たちがどこに撤退できるというのか。SSにはどうでもいいことだ。彼らはそれをよそでやり、何千もの囚人たちを路上に放りだして行くあてもないのに歩かせるためだけに歩かせた。人々が歩きながら死んでいくことを知っているからだ。

私たちは寝静まった収容所を横切ってきた。月が屋根に霜を被せていた。キッチンの手前に街灯が一つあり、プフラオムに光を当てていた。彼は書類を手に、相変わらず数人の名前を呼んでいた。何のために？　彼は、バラバラに出発させようとしている女たちの名を呼んでいて、私たちはまだ事情がわからずに不安がっていた。プフラオムがいるというだけで震えあがっていたのだ。それから隊列が門に向けて前進し、あの男が私たちの前に姿を現した。

私たちはスウェーデンに向かう……あの男の腕にある黄十字の青い腕章はスウェーデンを指していたのだ。柵は下がっている。私たちは待っている。

私たちはスウェーデンに向かう。いくつものまなざしの中に返事する者はいないが、私たちは視力を取り戻す。門の前、外には数台のバス。赤十字のマークが入った白いバスだ。どの口も沈黙を守っている。どの顔もぴくりともしない。「ああ！」という歓声も、驚きもない。喜びもない。身じろぎもせず、私たちは待っている。

私たちはスウェーデンに向かう。男は一度しかそう言わなかったが、その言葉は私たちの中で口づてに広まり、常に同じ控えめな音色で流れ、転々と途切れてはまた流れはじめる。

私たちはスウェーデンに向かう。オートバイが一台、門の前に停まっている。到着する音はしなかった。オートバイはそこにあり、ブーツとヘルメットと革の手袋を身に着けた、もののしいいでたちのライダー、赤十字の四角い白布を胸に着け、赤十字の四角い白布を背中に着けた一人の騎士がいる。歴史書に出てくるように十字架入りの祭服を着た、本物の騎士。

私たちはスウェーデンに向かう。その言葉を信じなければならない。それを伝えてくれたのはあの男だから、何台もの白いトラックが門の前に停まっているのだから、捕虜たちを解放しにきた騎士が自分のマシンにまたがっているのだから。

私たちは待っている、密やかに。自分でも驚くほど、冷やかに。もしその日が来たら、幸福に我も忘れるだろうと信じこんでいた私たちが。

柵が踏切の遮断棒のように上がる。プフラオムはせっせと書類にかかずらっている。事務室を出たり入ったりして、緑の帽子のレインコートの連中——ゲシュタポ——と話している。私たちは待っている。その男が唇で合図してくれるのを待ちわびている。私たちはスウェーデンに向かう。

男は黙っている。手で合図するのはプフラオムだ。前進！　隊列は今まさに行進を始め、門を越えようとする。

そのとき、私たちの中から声が上がる。「同志たち！　ここに残していく人たちのことを考えましょう。彼女たちのために一分間沈黙して祈りましょう」。沈黙を求めるこの声が沈黙を破る。

スウェーデン人たちは前日からずっとここにいて、手はずを整えていたのだった。私たちが外に出るやいなや、彼らは私たちを腕で抱きとめ、肘で支えて車に上がらせた。雑嚢や救急箱や道具箱や水筒をぶらさげた女子志願兵（ロッタ）たちが最も弱っている女たちの救護に当たり、

M大尉には、この数々の目と顔の持ち主である女たちがはっきり見えるようになる。女たちの腫れあがり傷口の開いた脚、惨めな体、想像を絶する木靴を履いた足の数々が見えるようになる。

私たちが小包みや毛布を膝の上に置いて席に着くと、彼はそれぞれの車を見てまわった。そして尋ねた。「快適ですか?」――「ええ」。ようやく女たちもしゃべれるようになった。車のドアの枠の中でいっそう美しく見える彼はこう付け加えた。「ゲシュタポ、終わり」。彼は微笑み、女たち全員がその微笑みに応えた。

今の私には、一九四五年四月二十三日のあの朝、ラーフェンスブリュックの戸口で、どうしてM大尉があんなに美しかったのかがわかる。私たちがデンマークの小さな駅のホームで目にした子どもたちがどうして美しかったのかもわかる。どうして花々が美しく、空が美しく、太陽が美しく、人々の声が心を掻き乱すほど美しかったのかがわかる。

地上は再び見いだされて美しかった。

美しく、虚ろだった。

そして私は戻ってきた
こんなふうにあなたたちは知ることがなかった、
あなたたちは、
あそこから戻るということを

私たちはあそこから戻ってくる
もっと遠いところからでさえ

*

私はもう一つの世界から戻ってくる
この世に

別れを告げられなかったから
でもわからない
どちらが本当なのか
教えてほしい　私は戻ったのか
あの世から？
私からすれば
私はまだあそこにいる
私は死んでいる
あそこで
毎日じわじわ
死を繰り返している
死んだ人たちみんなの死を
もうわからない　どちらが本物なのか
そこにあるこの世
あそこにあるあの世
今では
もうわからない

私はいつ夢を見ているのか
いつ
夢を見ていないのか。

＊

私も　かつて夢で見たのだった
絶望を
アルコールを
かつて
ひととき
私は絶望から這いあがった
私が夢で見たように思う
あの絶望から
絶望の夢
記憶が私に戻ってきた
苦痛を連れて戻ってきた

苦痛が私を連れ帰ったのは
見知らぬ人の祖国だった。

そこはまだ地上の祖国で
私から逃れるものは何もない
私は私の全存在を所有し
この知識を
絶望の底で獲得した知識を所有している
そのときあなたたちは知ることになる
死と言葉を交わしてはならない
それは無益な知識だと。
生きていると信じている者たちが
もう生きてはいない
とある世界で
もう一つの知識を所有する者たちには
あらゆる知識が無益なものと化す
それに　生きていくためには

何も知らないほうがましなのだ
いのちの価値など何も知らないほうが
死にゆこうとする一人の若い男のいのちなど知らないほうが。

＊

私は死と言葉を交わした
だから
私は知っている
あそこで学んだ膨大なことがどれほど虚しいか
でも　それを学ぶために支払った苦しみが
あまりに大きすぎるから
自分自身にこう問いかける
その苦痛には価値があったのではないかと。

＊

愛しあうあなたたち
男たちと女たち
ある女の男
ある男の女
愛しあうあなたたち
あなたたちは　どうしたら　あなたたちは
あなたたちの愛を語れるのか　新聞で
写真で
あなたたちの愛を語れるのか　あなたたちが通るのを見ている道で
あなたたちが歩くショーウィンドウで
身を寄せあい　くっつきあって
ガラスの中で見つめあって
唇を近づけあって
どうしたらあなたたちは
ウェイターに愛を
タクシードライバーに愛を語れるのか
あなたたちは彼らにもとても感じがいいから

二人とも
恋人同士
なんにも言わずに愛を語っている
身振り一つで
愛しい女（ひと）、はいコート、手袋も忘れないで
彼女に道を譲るために脇に寄ったあなたは
まぶたを下ろし再び目を上げ微笑んだ彼女は
あなたたちを見ている人々に愛を語り
あなたたちを見ていない人々に愛を語る
誰かに待ってもらえる人がもつその確信によって
カフェで
広場で
人生で　誰かに待ってもらえる人のもつ
その確信によって
動物園の獣たちに愛を語る
肩を並べて　こっちはぶさいく　あっちはすてき
素直に賛成したり

しなかったり
そんなことはどうでもいい
ただ考えてほしい
どうしたらそんなふうにできるのか　どうして
私に愛を語れるのか
私は知っている
きっとどんな男だって女たちに同じようにする
はい手袋、愛しい女（ひと）　ほら花束の忘れもの
愛しい女（シェリ）　私にもぴったりの呼び名だった
そう　きっとどんな女だって
同じように男たちにうっとりする
彼は私の手を取ったものだった
肩を抱いて私を守ったものだった
どうしたらあなたたちは語る勇気が持てるだろう
この私に
私はもう微笑みかけることもできないのだ
ありがとう　愛しい男（ひと）　やさしいのね

愛しい男(シェリ)　彼にもぴったりの呼び名だった。

そうしてこの砂漠は
愛しあう男女で満ちあふれる
彼らは愛しあい　愛を叫びあう
地上の隅から隅まで果てしなく。

＊

私は死者たちの中から戻ってきた
そして信じた
私には権利が与えられたのだ
他の人たちに語る権利が与えられたのだと
なのに彼らの前に戻ってみると
私には語るべきことが何もなかった
だって
私は学んでしまったのだ

あそこで
他の人たちには伝わらないことを。

生きている者たちへの祈り——彼らが生きていることを赦(ゆる)すために

道をゆくあなたたち
筋肉を漏れなくぴったり身にまとい
よく似合う服
似合わない服
まあまあ似合う服を着て
道をゆくあなたたち
血潮のたぎる人生に生き生きして
骨格にぴったりくっついて
すばしっこい　たくましい　のろのろした足どりで
眉を顰(ひそ)めて笑う人たち、あなたたちは美しくて
あまりにありふれていて
あまりにあたりまえにみんな

ありふれていることがこんなにも美しくて
十人十色で
その人生は感じられなくしてしまう
あなたたちの上半身が下半身に繋がっていることを
あなたたちの手が帽子に触れられることを
あなたたちの手が胸に当てられることを
膝蓋骨(しつがいこつ)がなめらかに膝関節(しつかんせつ)で回転することを
どうしたらあなたたちが生きていることを赦せるのか……
筋肉を漏れなくぴったり身にまとい
道をゆくあなたたち
どうしたらあなたたちを赦せるのか
彼らは一人残らず死んだのだ
あなたたちは道をゆき、テラスで酒を飲む
あなたたちは幸福だ　彼女に愛されている
不機嫌　お金の心配
どうしたら　どうしたら
あなたたちが生きていることを赦せるのか

どうしたら　どうしたら
あなたたちは自分を赦してもらえるのか
死んだあの人たちに
あなたたちが筋肉を漏れなくぴったり身にまとい
道をゆくことを
あなたたちがテラスで酒を飲むことを
あなたたちが春になるたび若返ることを
お願いだから
何かをしてください
学んでください　ステップ一つでも
ダンス一つでも
あなたたちを正当化する何かを
あなたたちに
皮膚や体毛を身にまとう権利を与えることを
学んでください　歩き方でも　笑い方でも
だってそれじゃあまりに馬鹿らしい
本当に

あんなに多くの人が死に
あなたたちが生き
あなたの人生を何にも変えることがないのなら。

＊

私は戻ってくる
知識の彼方から
今、学んだことを忘れなければならない
私にはよくわかっている　それ以外の仕方では
もう生きていくことはできないのだ。

＊

それから
もっとよいのは信じないこと
戻ってくる霊たちの

この物語のことを
もし一度でも信じたら
あなたたちはもう二度と眠ることはできなくなる
戻ってくるこの亡霊たちを信じたら
この霊たちは
戻ってくるのだから
どうしたら
説明できるのかもわからずに。

訳注

【1】ポール・クローデルの詩「バラード」の一節。この詩は本作品のタイトルとも呼応する次の数節を含んでいる。

「私たちの自己認識は保持せねばならない、一挙に収益が得られる所与の事柄のように、／人間の無益さと　自分では生きていると信じている者のなかの死者を含めて。／私たちとともに残留するある種の知識、飽くなき、しかも無益な持物だ！／（中略）／私たちは二度とあなたがたのもとに戻ることはないだろう。」（安藤元雄ほか編『フランス名詩選』岩波書店、二〇一七年、二二〇〜二二一頁。傍点は原文イタリック。渋沢孝輔訳を参照しているが、一部訳語を変更している）

【2】この章の舞台は一九四二年のロマンヴィル監獄（パリ東郊）と推察されるが、女性参政権（一九四四年に確立）がなく、女性の権利がまだ十分に保障されていなかった当時のフランスでは、レジスタンス活動に参加しても女性たちは男性たちほど危険にさらされないだろうというのが世間一般の認識だった。また、強制・絶滅収容所に関しても、デルボーたちが逮捕された一九四一〜一九四二年冬のフランスではほとんど知られていなかった（Dunant, p. 58 文献情報は訳者解説末尾の〈引用・参考文献〉を参照）。

【3】ジョゼことマリア・アロンソ（一九一〇〜一九四三年）はスペイン生まれパリ育ちの看護師でレジスタンスの闘士。アウシュヴィッツ送還前に拘禁されていたロマンヴィル監獄では、囚人の責任者の地位につき特権を得たものの、送還後はアウシュヴィッツ・ビルケナウの医務室（「強制収容所関連用語」の「医務

室」の項目ならびに訳注20参照）で亡くなっている（Delbo, C, pp. 28–30 文献情報は訳者解説末尾の〈デルボー主要著作〉を参照）。詳しくは『誰も戻らない――アウシュヴィッツとその後　第一巻』（月曜社、二〇二二年）の「作品中に登場する人たち」を参照。

【4】サンテ監獄は、パリ十四区、アラゴ大通りの南沿いに一八六七年に開設された監獄。

【5】原語は casemate. 城砦や要塞において大砲攻撃に耐えるための丸天井の建造物。しばしば地下に作られる。

【6】アポリネールの詩「死者たちの家」の最後の数節だが、省略を挟んでいる。正確には、「というのも死せる男を　または死せる女を愛したことくらい／ひとをたかめてくれるものはないのだから／ひとはこうして純粋なものにたかめられ／記憶の氷河のなかで／思い出と溶けあうようにさえなる／生に適するよう鍛えあげられる／そして　もはや誰をも必要としなくなるのだ」（Guillaume Apollinaire, « La maison des morts », *Alcools*, Flammarion, 2013, pp. 44–51／鈴木信太郎／渡邊一民編『アポリネール全集』紀伊國屋書店、一九六四年、二四四〜二五八頁。訳文は菅野昭正訳を用いたが、本文中では省略を挟むので一部訳語を補足している）。なお、この詩の一節「私たちの誰も戻らないだろう（Aucun de nous ne reviendra）」は、本シリーズ第一巻『誰も戻らない』のタイトルともなっている。

【7】リビア北東部の都市。第二次世界大戦時には要塞都市となり、枢軸軍と連合軍による争奪の地となった。一九四一年一月二十二日からイギリス軍の拠点となっていたトヴルクは一九四二年六月二十一日にドイツ軍に占領されたが、同年十一月十二〜十三日にイギリス軍に奪還されている（大木毅『「砂漠の狐」ロンメル

――ヒトラーの将軍の栄光と悲惨』角川新書、二〇一九年、一五六頁および二四四頁)。デルボーがサンテからロマンヴィルの監獄に移されたのは一九四二年八月二十四日で、この章の舞台は同年七月のサンテと推測されるので、イギリスによるトブルク奪還は微妙に時期が合わない。七月の時点では、完全にトブルクが奪還されてはいないものの、第一次エル・アラメインの戦いで、イギリス軍がドイツ軍の侵攻を阻んでいる(前掲書、二一八～二二〇頁)。

【8】原語は panier de son. ギロチンの、頭が切りおとされる場所に置かれたカゴのこと。転じて、ギロチンそれ自体を指す。

【9】ビュシ通りはパリ六区、サン=ジェルマン=デ=プレ地区にある通りの名。一九四二年五月三十一日に食糧を求める大規模なデモが起き、数多くのレジスタンス闘士たちが逮捕された。詳しくは訳者解説を参照。

【10】第二次世界大戦中、主に共産主義者などのレジスタンス活動家を裁くために、一般法廷とは別に設けられた法廷で、ドイツ占領軍が要請し、新独政権であるペタン元帥率いるヴィシー政権が設置した。一九四一年八月十四日の法律によって定められたこの特別法廷では、最高裁への上告なしに控訴院で判決を下すことができた(J=F・ミュラシオル『フランス・レジスタンス史』福本直之訳、文庫クセジュ、二〇〇八年、一二九頁)。

【11】一八世紀後半頃に、リヨンで行われた指人形劇の主人公の名前で、あらゆる権力を揶揄する人物。指人形や指人形劇自体を指す名称としても用いられる。

【12】『エクスプレス』誌は、一九五三年に創刊されたフランスの週刊誌。アルジェリアのイスラム教徒アブ

デラマン・ラクリフィは、一九五八年九月二十日にフランス・リヨンの警察署と交番を襲撃し、巡査長など七人を負傷させた罪で、一九六〇年一月十二日に死刑判決を受け、同年七月三十日に刑を執行された（*Le monde*, le 31 juillet 1960）。アルジェリア戦争に関しては、訳者解説も参照。

【13】アウシュヴィッツに到着し、ガス室でいのちを落とした人々の多くは、自分たちがどこにいるのかを最後まで知ることがなかったと言われる。デルボーたちフランス人女性の一団ではガス室行きの選別はなかったものの、一九四三年一月に到着してアウシュヴィッツという地名を知る前に亡くなった女性は一五〇人にも及んだ(Delbo, C, p. 11)。アウシュヴィッツにほど近い、ポーランドのゲットーなどにいた東欧のユダヤ人たちのあいだでは一九四二年の時点ではアウシュヴィッツという名がほとんど知られていなかった（ピレツキ、一八一頁）ものの、一九四三年秋頃には大量殺戮の噂が伝わっていたともいわれる（Müller, p. 124）。

【14】ナチスの強制収容所には一般刑事犯も収容されていて、特にドイツ人一般刑事犯の女囚たちは、水道の使用を許可されるなど収容所内で優遇され、責任者の地位について特権を得られることも多かった。ブロック長や警察など、収容所内の役職に関しては、「強制収容所関連用語」を参照。

【15】ポーランドやリトアニアに近い、白ロシア（現ベラルーシ）北西の町。フロドナともいう。一九一九年に白ロシア・ソヴィエト社会主義共和国が宣言され、一九二二年にソ連の一部になったが、一九三九年の独ソ不可侵条約の締結後、条約を破ったドイツによって一九四一年六月二十三日に占領され、東欧ユダヤ人根絶の中心地の一つとなった。ベラルーシ全体で約八十万人（そのうち四分の一が子ども）のユダヤ人が殺害され、数百のユダヤ人村がなくなった。ウォルター・ラカー編『ホロコースト大事典』井上茂子ほか訳、

柏書房、二〇〇三年、五一八〜五二四頁。

【16】カルメンことジャンヌ・セール（一九一九〜二〇〇六年）。アルジェリアをルーツに持つフランス人レジスタンス女性で、デルボーと親しい関係だった。詳しくは『誰も戻らない』「作品中に登場する人たち」を参照。

【17】ヴィヴァことヴィットリア・ドブッフ（一九一五〜一九四三年）。イタリア社会党の党首ピエトロ・ネンニの四人娘の一人で、イタリア生まれで十三歳でパリに亡命したレジスタンス女性。詳しくは訳者解説並びに『誰も戻らない』「作品中に登場する人たち」を参照。

【18】リュリュことリュシエンヌ・テヴナン（一九一七〜二〇〇九年）。カルメンの姉で、デルボーの親友の一人。詳しくは『誰も戻らない』「作品中に登場する人たち」を参照。

【19】セシルことクリスティアーヌ・シャルア（一九一五〜二〇一六年）。フランス北部生まれのフランス人レジスタンス女性。詳しくは『誰も戻らない』「作品中に登場する人たち」を参照。

【20】アウシュヴィッツは主に、基幹収容所である第一収容所、絶滅収容所である第二収容所、強制労働収容所である第三収容所からなり、第二収容所はドイツ語で「白樺の野」を意味するビルケナウ（ポーランド語ではブジェジンカ）という名で呼ばれた。ビルケナウは、第一収容所の北西三キロの地点にあり、ガス室と焼却炉を備えていたほか、医務室や男性収容所、女性収容所、ジプシー家族収容区、検疫ブロックなどがあり、デルボーは一九四三年二月半ばから五月頃まで、女性収容所内の死のブロック（第二十五ブロック）の中庭に面した第二十六ブロックに収容されていた。

【21】ここで言われている「私たち」とは、デルボーと同じ一九四三年一月二十四日の輸送列車（コンヴォワ）（「強制収容所関連用語」を参照）で出発し、三日後にアウシュヴィッツに到着した二三〇人の女性たちのこと。デルボーによれば、このうち、到着から七十三日後に生き残っていたのは七十人、六ヶ月後に生きていたのは五十七人、解放まで生き延びたのは四十九人だという（Delbo, C, pp. 15–22）。

【22】マドレーヌ・ドワレ（一九二〇～二〇〇一年）。イヴリー゠シュル゠セーヌ（パリ南東郊）生まれの共産主義者。レジスタンス活動を理由に一九四二年六月十七日に逮捕され、デルボーと同じ輸送列車でアウシュヴィッツに送られ、解放まで彼女と行動をともにした。帰還後は結婚し、息子をもうけたものの、帰還後の後遺症に苦しんだ（Ibid., pp. 88–90）。『私たちの日々の尺度――アウシュヴィッツとその後　第三巻』には、彼女を語り手にして書かれた《マド》という章がある。

【23】リュシアン・ルロンの売りだした香水の名。ただし、〈誇り〉（Orgueil）という名の香水は、戦時中にはまだ発売されておらず、実際には別の香水であった可能性が高いため、この香水の名を変更したことにデルボーの心情が表れているとする見解もある（Dunant, pp. 325–326）。

【24】原語は étuve. アウシュヴィッツ・ビルケナウに到着し、収容所内に留まることになる囚人はまず、登録・脱衣、衣料品預け入れ、散髪、シャワー、囚人服の受けとりが一連の流れとなったサウナ（ドイツ語ではザウナ）と呼ばれる被収容者受け入れ棟に通されることになっていた。この建物は、到着者の荷物倉庫「カナダ」と、死体焼却炉の近くにあった（中谷、一九九頁）。

【25】トゥーレーヌ地方（フランス中部）は、デルボーたち一団の中で最も犠牲者が多かった地域だという

(Dunant, p. 326)。

【26】原語は « Le travail rend libre ». ドイツ語では、Arbeit macht frei で、ナチスのスローガンとして、各地の強制・絶滅収容所の門に掲げられた。「労働すれば自由になれる」という意味だが、実際には働いても自由になれることはなく、ナチスの残酷な強制収容所システムを象徴する語として知られている。

【27】強制収容所の囚人に対する差し入れの小包みは当初禁止されていたものの、一九四二年以降認められ、特にポーランド人囚人に関しては小包みの受けとりに寛容な措置が取られていた一方で、ロシア人やユダヤ人、「夜と霧（NN）」囚人と呼ばれた政治犯の囚人は、小包みの受けとりが禁じられ、フランス人に関しても小包みが受けとれることはまれだった（ベルトラン、二五三頁）。ダッハウとブーヘンヴァルトに収容されていたロベール・アンテルムや、ラーフェンスブリュックに収容されていたジェルメーヌ・ティヨンも、ポーランド人に比べ、小包みの受けとりに関してフランス人が冷遇されていた様子をその著書の中で語っている。

【28】このあとの記述にも出てくるように、伝統的なポーランドのクリスマスイブは一番星が空に現れると同時に開始され（イエス・キリストの誕生を知らせたベツレヘムの星を偲ぶため）、食卓を馬蹄形に並べテーブルクロスの下に干し草を置いたり（馬小屋で生まれたイエスが飼い葉桶に入れられたことを思い出すため）、「オプワテック」と呼ばれるウェハース状の聖体（イエスの体を象徴）を交換して赦しや祝福を願ったりするしきたりがある。晩餐には、キャベツとスプリットエンドウマメの和え物や、ケシの実ヌードルなど、主に肉を省いた食事が出されるのが伝統だが、現代では肉や魚料理も出るという（Laura Sommers, *Polish*

Christmas Cookbook, 2017)。

【29】ポーランド語で do domu（「家に」の意）。デルボーはこれを Do Domou と音写している。

【30】クロードット・ブロックは、国立科学研究センターの職員で一九四二年初めに逮捕され、同年六月二十五日に強制収容所に送られた。デルボーたち輸送隊の囚人番号は３１０００番台だったが、クロードットはその遥か以前の７９６３番で、四桁台の女囚で唯一の生き残りと推測されている（Delbo, C, p. 213）。

【31】フランスの劇作家モリエールの手がけた喜劇『病は気から』は、自分を重病人だと思いこんでいる男が主人公の、三幕から成る喜劇。一六七三年二月十日にパレ・ロワイヤル劇場で初演され、モリエールが主人公のアルガンを演じている（モリエール『病は気から』鈴木力衛訳、岩波書店、一九七〇年）。デルボーの雇用主だった俳優のルイ・ジュヴェは、自らの主催する劇団・アテネ座でモリエールやジャン・ジロドゥの戯曲を多数上演したことで知られる。

【32】プルポアンは中世から一七世紀頃に着用されていたウエスト丈の男性用の胴衣。カザックは御者の制服や、一七世紀の軍人用マントを指す。

【33】原語は Bélise となっているが、アルゴンの後妻・ベリーヌ（Béline）の間違いか。

【34】原語は souffleuse. 演劇で出演者がセリフや演技などを忘れた場合に合図を送るスタッフのこと。

【35】フランスの演劇では伝統的に、開幕のカーテンが上がる際にブリガディエと呼ばれる棒で三度、舞台の床が打ち鳴らされていた。

【36】レミュこと、ジュール・オーギュスト・セザール・ミュレール（一八八三〜一九四六）はフランスの

俳優で、『マリウス』（一九二九年）のセザール役で知られる。威厳あるフランス人労働者を、ペーソスとユーモアを交えた表現で演じた。ディヴィド・クリスタル編『岩波・ケンブリッジ 世界人名辞典』岩波書店、一九九七年、一二四二頁。

【37】この八人とは、シャルロット・デルボー、セシルことクリスティアーヌ・シャルア、プペットことシモーヌ・アリゾン、リュリュことリュシエンヌ・テヴナン、カルメンことジャンヌ・セール、ジルベルト・タミゼ、マリー＝ジャンヌ・ペネク、マドことマドレーヌ・ドワレ（Delbo, C, p. 68）。一九四四年一月にラーフェンスブリュックに移送された八人はこののち、別の行く先を辿る。マリー＝ジャンヌ・ペネクはチェコスロヴァキアの工場に送られ、リュリュ、セシル、カルメン、ジルベルト、プペットはベエンドルフの塩鉱に送られ、マドとデルボーは解放までラーフェンスブリュックにとどまった。

【38】「それは一度のさよならでしかない（Ce n'est qu'un au revoir）」はスコットランドの民謡『オールド・ラング・ザイン』のフランス語版で、日本では『蛍の光』の原曲として知られる。

【39】ジャン・ボワイエ監督によるフランスのミュージカル映画『オン・ザ・ロード』（一九三六年）の挿入歌「いつもそこに踏切が一つ（Y a toujours un passage à niveau）」の一節。

【40】ビルケナウのメインゲートの近くにあった検疫隔離収容所（詳しくは「強制収容所関連用語」を参照）。一九四三年の一月二十七日にアウシュヴィッツ・ビルケナウに到着したデルボーたち一団が最初に収容されたのも、検疫バラックである第十四ブロックだった（Delbo, C, p. 14）。

【41】ここにいた三十五人のフランス人女性たちも、一九四四年八月にラーフェンスブリュックに移送された。

彼女たちは先に到着したデルボーらとは違い、政治犯として扱いの異なる「夜と霧（NN）囚人」に区分けされた（Ibid., p. 21）。

【42】ビルケナウでおそれられていた残酷なSS、ナチスの親衛隊伍長アドルフ・タオベは、アウシュヴィッツの女性収容所第二十五ブロックの責任者で、アウシュヴィッツ撤退の際に逃亡に成功し、その後見つかっていない（Gelly et Gradvohl, p. 169）。彼は『誰も戻らない』にもたびたび登場する（Taube のカタカナ表記はタウベからタオベに改めた）。

【43】リュシー・マンシュイとジュヌヴィエーヴ・パクラ。一九四四年一月七日に他の八人とともにラーフェンスブリュックへの移送メンバーとして指名されたが、熱があったために出発できなかった。二人とも、同年八月に他のフランス人女性とともにラーフェンスブリュックに移送されている（Delbo, C, p. 68, p. 191 et p. 221）。ジュヌヴィエーヴは『誰も戻らない』にも名前が登場する。

【44】原語は galoches de sept lieues で、lieue はメートル法採用前の距離の単位。一リュー（≒一里）は約四キロ。ヨーロッパには「七里の長靴（Bottes de sept lieues）」という、履く人の足の大きさに合わせてサイズを変え、一歩で七里行ける長靴の出てくる童話がある。ペロー童話「親指小僧」に出てくる人食い鬼の魔法の靴が有名（『ペロー童話集』荒俣宏訳、新書館、二〇一〇年、七四頁）。

【45】デルボーたちフランス人レジスタンス女性の一団が一九四三年一月にアウシュヴィッツに到着したときに割り振られた囚人番号は三一〇〇〇番台で、ここでの描写は、それから約一年後までのビルケナウへの被収容者数の推移を思わせる。諸説あるが、S・クラルスフェルドの調査によると、一九四三年〜一九四四

年のおよそ二年間にフランスから移送されてアウシュヴィッツに収容された人数の総計は三一九〇二人で、到着時にガス室で殺害された犠牲者の総計は二二四四一人、生存者の総計は一七五五人だという（リュビー、三一〇頁）。

【46】シレジアは、ポーランド南西部からチェコ北東部にわたる地域の歴史的名称で、ドイツ語ではシュレージエン、ポーランド語ではシロンスクという。カトヴィーツェはシロンスク県の一都市で、アウシュヴィッツ（ポーランド名・オシフィエンツィム）は、クラクフとカトヴィーツェの中間辺りにある。

【47】第一次大戦後、スロヴェニアはクロアチアやボスニアとともにユーゴスラヴィア王国の一部となっていたが、一九四一年三月二十五日に日独伊三国同盟に加盟した二日後、反ドイツ派の国軍将校によるクーデタで政権が転覆、四月にドイツなど枢軸国の軍事侵攻を受けて王国は解体された。クロアチアとボスニアでは傀儡政権であるクロアチア独立国が誕生した一方、スロヴェニアはドイツ、イタリア、ハンガリーによって分割され、ドイツに併合された地域では、公共の場でのスロヴェニア語の使用禁止、ドイツやクロアチアへの強制移送、ドイツ軍やSSへの強制徴用などのドイツ化政策がとられ、非協力的なスロヴェニア人は追放されたり強制収容所に送られたりした。柴宜弘／アンドレイ・ベケシュ／山崎信一編著『スロヴェニアを知るための60章』明石書店、二〇一七年、六九〜七二頁。ジョルジュ・カステラン／アントニア・ベルナール『スロヴェニア』千田善訳、文庫クセジュ、二〇〇〇年、七一〜七六頁。

【48】シモーヌ・アリゾンは一九四三年六月三日に姉のマリーを（Delbo, C, p. 26）、ジルベルト・タミゼは同年三月八日に妹のアンドレを、アウシュヴィッツ・ビルケナウで亡くしている（Ibid., p. 276）。リュリュこ

とリュシエンヌ・テヴナンと、カルメンことジャンヌ・セールも含め、いずれもデルボーと同じ輸送列車（コンヴォワ）でアウシュヴィッツに収容されたフランス人女性で、この二三〇人のうちには七組の姉妹がいたが、このうち三組は姉妹二人とも亡くなり、三組（シモーヌ&マリーの姉妹、ジルベルト&アンドレの姉妹を含む）は姉妹と死に別れ、リュリュ&カルメン姉妹だけが二人とも生き残った（Ibid., p. 279）。彼女たちの経歴について詳しくは『誰も戻らない』「作品中に登場する人たち」を参照。

【49】ニューヨーク・ポスト紙は、アメリカ合衆国の伝統的な日刊紙。ウィリアム・ローズ・カリー（一九四三年〜）は、アメリカ陸軍の軍人で、ベトナム戦争の最中、一九六八年三月十六日に起きたソンミ村虐殺事件で虐殺を指示したとして唯一有罪判決を受けた。一九七一年三月三十一日に終身刑を宣告されたが、その後、特赦を受けて釈放されている。ソンミ村虐殺事件では、およそ四時間のあいだに、二十歳前後の若い米軍兵士らによって、約五百人の老人、女性、子どもたちが強姦や異常性行為、四肢の切断などを伴う残虐な方法で殺された（マイケル・ビルトン／ケヴィン・シム『ヴェトナム戦争　ソンミ村虐殺の悲劇――4時間で消された村』藤本博ほか監訳、明石書店、二〇一七年、二三頁）。

【50】Service de travail obligatoire の略称で、ヴィシー政府による対独協力の一環で行われた強制労働徴用のこと。一九四三年二月十六日の法律で制定され、一九二〇年から一九二二年生まれのフランス人全員に二年間の強制労働が課された（リュビー、四八頁）。多くのフランス人が、東部戦線のために労働力不足になったドイツの工場や鉄道、農場などで強制的に働かされたが反発も強く、一九四三年末からは、STO忌避者の一部が加わったマキと呼ばれるレジスタンス組織が勢力を増し、一九四四年二月には、これらのレジスタ

ンス組織を統合したフランス国内軍が創設されている（杉本淑彦・竹中幸史編著『教養のフランス近現代史』ミネルヴァ書房、二〇一六年、二四〇頁）。

【51】オラニエンブルク（ザクセンハウゼン）は、ベルリン北方にあった強制収容所で、一九三三年頃から共産党員など、多くの社会活動家が収容された。カール・フォン・オシエツキー（一八八九〜一九三八）は、ドイツの著述家、平和活動家で、第一次世界大戦後に「Nie Wieder Krieg（英語で言えばNo more war）運動」を組織して平和運動を行うなど反戦運動に取り組むが、一九三三年にナチスに捕われ、オラニエンブルクに送られた。一九三六年に獄中でノーベル平和賞を受賞するが、ヒトラーはこれに憤り、ノーベル賞の受賞を禁止する政令を出した。一九三八年五月四日に、ベルリンの病院に拘禁中に、肺結核で死去、享年四十九歳だった。『ノーベル賞受賞者業績事典　新訂第三版——全部門855人』日外アソシエーツ、二〇一三年、七九〜八〇頁。

【52】前出のシモーヌ・アリゾンの愛称。『私たちの日々の尺度』には、彼女を語り手にして書かれた《プペット》という章がある。

【53】ラルース書店は、百科事典などを多く手がけるフランスの伝統的な出版社で、プチ・クラシック・コレクションは数多くの古典文学を扱う小型の叢書シリーズ。『人間嫌い』はモリエールの戯曲で、世の中に迎合しない主人公の青年アルセストが、社交界に染まった未亡人セリメーヌへの恋に敗れ、俗世間を去るまでを描く（モリエール『人間ぎらい』内藤濯訳、新潮文庫、二〇一八年）。アルセストは、シャルロット・デルボーの『亡霊、私の仲間たち』（訳者解説を参照）にも現れる。

【54】この一文は底本としている一九七〇年の初版では、Bientôt l'ai su toute la pièce, qui durait presque tout l'appel.（p. 122）となっているが、最新の版では、Bientôt j'ai su…… と誤りが修正されている（Charlotte Delbo, *Auschwitz et après II, III, Une connaissance inutile, Mesure de nos jours*, Minuit, 1970/2018, p. 108）。単純な綴りミスと判断し、翻訳は修正版に従った。

【55】一九四四年六月六日に連合軍によって行われたノルマンディー上陸作戦のこと。これによりナチスドイツの敗北は決定的になった。

【56】親衛隊曹長ハンス・プフラオムは、ラーフェンスブリュックの労働力動員の責任者だった。一九四六年十一月にノイエンガンメの抑留施設から逃亡したものの、バイエルンの森で偽名で潜伏しているところを捕まり、一九五〇年にラシュタットで死刑判決を受け、処刑された（Klee, S. 459 und S. 616）。

【57】アテネ座の主催者である俳優のルイ・ジュヴェは、フランス国立高等演劇学校（Conservatoire）で演劇論を講義していた。一九三七年から彼の秘書を務めたシャルロット・デルボーは、そこで彼の話を文字に書きおこし、タイプライターで記録する仕事をしていた（Gelly et Gradvohl, p. 34）。

【58】ラーフェンスブリュックの内部規定で、囚人には月に二通の手紙の送受が許可されていたが、一九四四年夏にフランスが解放されてからは、フランスからの郵便は途絶えたという（ベルトラン、五二～五五頁）。デルボーも一九四四年六月のノルマンディー上陸以後は、フランスとの通信手段が途絶えたと説明している（Delbo, C, p. 21）。

【59】一九四二年頃からラーフェンスブリュックで行われていた大規模な絶滅収容所への移送。詳しくは訳

者解説を参照。

【60】これ以前に懲罰ブロックにいた被収容者がどうなったかについてははっきりわからないものの、ラーフェンスブリュックでは解放直前のこの時期でも大量処刑が行われており、一九四五年の四月初めにも五百人近い女性がガス室で殺害されている（Tillon, p. 293）。洗われたばかりの床板は、こうした大量処刑を連想させる。大量殺戮が行われていたこの懲罰ブロックや、《ラーフェンスブリュックで胸が鳴る》に出てくる「青少年収容区」に関しては、「強制収容所関連用語」参照。

【61】フランスでは五月一日が労働の日、メーデーにあたり、仕事を休み、労働環境の改善などを求めてデモ行進が行われる。一九四五年五月一日には、五月八日の終戦に先立ち、パリで大規模なパレードが行われた。一九四四年八月のパリ解放時にも凱旋行進が行われたが、この章の舞台は一九四五年の春で、このあいだ彼女たちは強制収容所内にいるので、パリ解放の行進にはもちろん立ち会っていない。

【62】オニオンスープは昔から伝わるフランスの料理で、かつては朝食の定番メニューでもあった。パリの中心部に位置するレ・アール地区で作られたものが有名。

【63】オルレアン門は一九世紀半ばに建設されたパリの城塞の一つで、現在のパリ十四区に位置する。一九四四年八月二十四日に連合軍の支援のもとルクレール率いる自由フランス軍が到達し、八月二十五日のパリ解放の足がかりとなった。

【64】フランス西部ヴァンデ県で伝統的に食べられている白い豆。原語は mongettes. 他にも mogette や mojette など複数の綴りがある。

【65】カトリックの聖人信仰では、一年三六五日（閏年なら三六六日）全てに、それぞれの日の守護聖人が割り当てられている。自分の誕生日に割り当てられた聖人や、自分と同じ名を持つ聖人は守護聖人とされるため、カトリック圏では、誕生日の他に「名の日」を祝う習慣がある。聖ジョルジュ（ラテン語名では聖ゲオルギウス）は四月二十三日の守護聖人であり、パレスチナの殉教者で、生贄にされた王女を助けるために竜の喉を貫いたというエピソードで知られている（鹿島茂『聖人366日事典』東京堂出版、二〇一六年、一四五頁）。

【66】『オンディーヌ』は、ヨーロッパに古くから伝わる人間の青年と水の精との悲恋物語をもとに、フランスの戯曲家ジャン・ジロドゥが一九三八年に発表した戯曲。水の精オンディーヌと人間の騎士ハンスとの悲恋物語で、デルボーの雇用主だった俳優ルイ・ジュヴェの劇団・アテネ座で、一九三九年の五月四日に初演された。ジロドゥ『オンディーヌ』二木麻里訳、光文社、二〇一五年。詳しくは訳者解説も参照。

【67】第一巻では、アウシュヴィッツ・ビルケナウの点呼の長い待ち時間に、モリエール『女房学校』の主人公アルノルフになぞらえて、「私」が心臓に語りかける様子が綴られる。

「影が完全に溶け去る。寒さが厳しくなる。私は自分の心臓が鳴るのを聞いて、アルノルフが自分の心臓に話しかけるみたいにそれに話しかける。私は心臓に話しかける。」（『誰も戻らない』一〇七頁）

【68】この男性はスウェーデンの外交官で当時スウェーデン赤十字の副議長だった、ヴィスボリ伯フォルケ・ベルナドッテであったといわれる（Gelly et Gradvohl, p. 187）。一九四五年四月二十三日に、デルボーを含むフランス人女性たちが解放されることができたのは、このベルナドッテ伯爵が行った交渉のおかげだという

(Tillon, p. 32)。

【69】ソ連軍の接近とともに、ナチスの絶滅・強制収容所は、被収容者を徒歩や列車でドイツ本国の強制収容所に撤退させるようになった。アウシュヴィッツからの撤退は一九四五年一月に行われ、収容所内に残された病人を除く、およそ六万六千人の被収容者が天蓋のない貨車に詰めこまれ、ブーヘンヴァルトやマウトハウゼンなどの他の収容所に送り出されたが、徒歩での移動中に脱落者がSSに射殺されるなどして、約一万五千人の犠牲者が出た。各地の収容所で行われたこうした撤退は、その過酷さから「死の行進」と呼ばれている。死の行進は、西側連合軍の接近とともに、ラーフェンスブリュックなどドイツ国内の強制収容所でも行われ、戦争終結前の二ヶ月間で、約二十五万人の被収容者が撤退を強いられた。芝健介『ホロコースト――ナチスによるユダヤ人大量殺戮の全貌』中公新書、二〇〇八年、二二四〜二二六頁。詳しくは訳者解説も参照。

強制収容所関連用語

略号説明――独…ドイツ語、原…本書フランス語原典で用いられている表記。

労働部隊（独：Kommando　原：commando）――強制収容された囚人たちからなる労働集団。主に肉体労働に従事した。

輸送列車／輸送隊（独：Konvoi　原：convoi）――人々を強制収容所に運ぶ輸送列車のこと、またこの輸送列車によって運ばれた人々の一団のこと。デルボーたちフランス人レジスタンス女性の一団は、輸送された日付から「一月二十四日のコンヴォワ」、もしくはアウシュヴィッツでの囚人番号から「三一〇〇〇番のコンヴォワ」として知られる。

SS（独：Schutzstaffel）――国家社会主義ドイツ労働者党（通称ナチス）の組織、親衛隊（員）の略称。

ゲシュタポ（独・原：Gestapo）――秘密国家警察（独：Geheime Staatspolizei）の略称。ナチス親衛隊の統轄下に置かれていた秘密警察のこと。ゲシュタポの取りしきる政治局（独・原：

Politische Abteilung）は、収容所内では、尋問や拷問を受ける場所としておそれられていた（Haft, p. 209）。

カポ（独：Kapo　原：kapo）――ナチス親衛隊員によって強制収容所の囚人の中から選ばれた、各労働部隊の責任者のこと。労働部隊と収容所内の規律に関して責任を負っていた。肉体労働を免除されており、他の囚人たちに対して権限を振るうことができた。男女ともに「緑の三角囚人（＝非ユダヤ系の一般刑事犯）」が選ばれることが多かった。

ブロック長（独：Blockälteste　原：chef de block）――ＳＳによって強制収容所の囚人の中から選ばれた各ブロックの責任者のこと。ブロックとは囚人たちが生活を送っていたバラックを意味する。ブロック長の下には副ブロック長がいた。ブロック長や室長は、左記の赤バンドとは違い、緑の腕章をつけていた。

赤バンド（原：les bandes rouges）／**警察**（独：Polizei　原：Politzei）――囚人の治安維持を担う、赤い腕章をつけた囚人責任者たち。腕章は、囚人における責任者を意味し（Haft, p. 197）、収容所内の治安は、赤い腕章をつけた囚人たち・カポたちが収容所警察（独：Lagerpolizei）の部署に組み込まれる形で維持されていた（リュビー、二三二頁）。デルボーはドイツ語のPolizei

（警察）を Politzei と綴っている。

女性看守（独：Aufseherin　原：Aufseherine）――強制収容所のＳＳ女性看守。一般人女性の中から補助要員としてＳＳに雇われていた。ドイツ語の Aufseherin は、フランス語読みや英語読みすると officier/officer（将校）に発音が似ているため、その意も込めて、個々の女性看守は（特に残酷さで名を知られている者を除けば）名前ではなく Aufseherin と役職名で呼ばれることが多かったという（Brown, p. 20）。原語はドイツ語の Aufseher（男性看守）の女性形 Aufseherin だが、デルボーはこれにフランス語の女性語尾 -e をつけ加えて Aufseherine と綴っている。

エフェクツ（独：Effektenkommando　原：Effekts）――輸送列車で到着した者たちの荷物は全て没収されたため、その荷物を収集し分類するための労働部隊がどこの収容所にもあった。荷物（effects）が置かれていたアウシュヴィッツの倉庫はエフェクテンラーゲルやエフェクテンカマーと呼ばれ、資源が豊富にあるという意味でカナダとも呼ばれていた。

天の労働部隊（独：Himmelkommando　原：commando du ciel）――収容所でガス室の運営・管理を担っていた特別部隊（独：Sonderkommando）のこと。この部隊に配属される囚人はＳＳによって選びだされたユダヤ人たちで、人々をガス室に導き入れること、ガス室で殺された死体を運搬・火葬することなどを任されていた。生活面での特権を得ていたものの、選別されガス室行きとなった者たちもいた。アウシュヴィッツ最後の特別部隊は一九四四年十月七日に反乱を企て、ガス室を焼き払い数人のＳＳ隊員を殺害したものの、約四五〇人が犠牲となった（Müller, pp. 214–221）。

医務室（独：Revier　原：révir）——レヴィール（ドイツ語の発音ではレヴィーアもしくはレフィーア）とは強制収容所における「囚人用の医務室」を意味し、チフスや赤痢などの病気にかかった囚人たちが収容されていたが、囚人たちのあいだでは選別されるおそれから避けたほうがよい施設と言われていた。デルボーは「医務室」とは呼べないこの場所の劣悪な環境を表すために、フランス語の infirmière（医務室）という訳語よりむしろ、収容所用語のこのドイツ語を用いているが、ドイツ語の Revier という綴りではなく、フランス人たちの発音に合わせて、この作品中では révir と綴っている。

検疫バラック（独：Quarantäne-Block　原：baraque de la quarantaine）——アウシュヴィッツ・ビルケナウのメインゲートの近くにあった、十九棟の木造バラックからなる検疫隔離収容所。「検疫隔離」とは名ばかりで、一時は三万二千人近くが収容され、ＳＳからの虐待を受け、二千人近くが「隔離」中に命を落とし、三八二四人がガス室に選別されて殺され、医務室に送られた約四千人もほとんどが命を落としたといわれる（中谷、一九五頁）。

青少年収容区（独：Jugendlager　原：camp des jeunes）――ラーフェンスブリュック女性強制収容所から一キロほどのところにあった副収容所で、高齢や病気などの理由で弱った収容者を処刑するための場所だった。ドイツの歴史的地域の名称にちなんで、ウッカーマルク収容所とも呼ばれた。「青少年収容区」という名称は、ここが一九四〇年から一九四三年までのあいだ、ドイツ人非行少女たちの再教育施設として用いられていたことによる（リュビー、二二四頁）が、一九四四年十二月以降は実質的に死の収容区だった。ここには一度に六千人まで収容できたが、収容された女性たちは衣服を剝ぎとられて一日中屋外での点呼に立たされ、食糧を半分に減らされて一日五十人ほどが死亡した（Tillon, pp. 252–254）。

懲罰ブロック（独：Strafblock　原：Straffblock）――ラーフェンスブリュックにあった、違反を犯した囚人に対する懲罰用のブロックで、狭すぎるブロックは常に人であふれ、体も洗えずトイレにも行けないほど生活環境が悪かったために、囚人たちにおそれられていた。最も厳しい罰は囚人たちの屎尿処理で、死体焼却炉の灰と囚人たちの糞便が混ぜあわされて、ドイツ人の畑に撒く肥料が作られていた（リュビー、二二二頁）。

組織化（独：organisieren　原：organiser）――第二次世界大戦中、特に強制収容所内で、盗みや認められていない不正な方法によって食糧や生活必需品を手に入れることは、「組織化」という隠語を用いて表現されていた。この語が、定評のあるドイツという「組織」に対する皮肉として用いられていたのではないかとの指摘（レーヴィ、三七頁）や、地下運動の「組織化」をカモフラージュする目的でこの語が広められたとの説（ピレツキ、一〇八頁）がある。

その年の誕生日を迎えた年齢を〔 〕内に表記
＊は、関連する主な社会的出来事

デルボー年表

一九一三年八月十日、パリ郊外のヴィニュー＝シュル＝セーヌに、四人きょうだいの長女として生まれる。〔〇歳〕
＊一九三三年、ドイツでアドルフ・ヒトラーが総統に任命され、ナチスドイツによる第三帝国が成立。
一九三四年、青年共産同盟（JC）に加盟（一九三二年との説もあり）。四月、ジョルジュ・デュダックと出会う。〔二十一歳〕
＊一九三五年九月十五日、ドイツで、ユダヤ人差別を規定するニュルンベルク法の制定。
一九三六年三月十七日、ジョルジュ・デュダックと結婚。〔二十三歳〕
＊同年七月十七日、スペイン内戦の勃発。
一九三七年十月、ルイ・ジュヴェに出会い、秘書として雇われる。〔二十四歳〕
＊同年四月二十六日、ドイツ軍によるゲルニカ爆撃。
＊一九三八年三月、ナチスドイツのオーストリア侵攻。同年、ドイツで大勢のユダヤ人と共産主義者がダッハウに強制収容される。
一九三九年五月四日、アテネ座で『オンディーヌ』の上演開始。八月、ジュヴェに招待さ

れ南フランスへ旅行（この時のジュヴェとの対話がのちに『亡霊、私の仲間たち』に）。共産党雑誌がダラディエ政府に禁止され、夫デュダックが携わる『レ・カイエ・ドゥ・ラ・ジュネス』誌も発禁に。九月、デュダックの召集。〔二十六歳〕

＊同年三月、ナチスドイツのチェコスロバキア解体。四月一日、スペイン共和派の敗北。八月二十三日、独ソ不可侵条約の締結。九月一日、ナチスドイツのポーランド侵攻。九月三日、フランスとイギリスによるドイツへの宣戦布告。

一九四〇年五月、パリでの演劇上演が禁止されて一時失職。九月、動員解除されたジョルジュと再会。〔二十七歳〕

＊同年五月、ナチスドイツのベルギー侵攻。六月二十二日、ドイツとフランスの休戦協定。七月、フランスでヴィシー政権の発足。十月、フランスで反ユダヤ法の制定。十一月、フランスで初めての非合法雑誌の発行、共産主義者の逮捕が始まる。

一九四一年一月、ルイ・ジュヴェ率いるアテネ座のスイス巡業に、六月、ラテンアメリカ巡業に出発。十一月、ジョルジュのいるパリに戻り、十六区のアパルトマンに身分氏名を偽って潜伏し、レジスタンス活動に従事。〔二十八歳〕

＊同年四月、ナチスドイツのギリシャ侵攻。六月、独ソ戦の開始。

一九四二年三月二日、夫のジョルジュ・デュダックとともにフランス警察に逮捕され、ゲシュタポに引き渡される。五月二十三日、夫の銃殺（享年二十七歳）。〔二十九歳〕

＊同年五月、フランス国内のドイツ占領地域におけるユダヤ人に「黄色い星」の着用が義務づけられる。七月十六〜

十七日、パリのヴェロドローム・ディヴェールでユダヤ人の大量検挙（ヴェルディブ事件）。

一九四三年一月二十四日、デルボーを含む二三〇人のフランス人レジスタンス女性がアウシュヴィッツ・ビルケナウに送られる。二月の死の選別「レース」を経て、五月、副収容所のライスコ農場に移り、七月に真新しいバラックに入るものの、親友のヴィヴァがチフスで死去（享年二十七歳）。〔三十歳〕

＊同年五月、レジスタンス全国評議会（ＣＮＲ）の初会合。ド・ゴールの自由フランスがレジスタンスの主導権を握る。

一九四四年一月、ラーフェンスブリュックに移送。〔三十一歳〕

＊同年二月、レジスタンス組織を統合したフランス国内軍の創設。六月六日、連合軍がノルマンディーに上陸。六月十日、フランスの小村オラドゥル‐シュル‐グラーヌでナチスにより村民が虐殺される。八月末、パリ解放、ヴィシー政権崩壊。

一九四五年四月二十三日、ラーフェンスブリュックでスウェーデン赤十字によって解放される。六月二十三日、パリに帰還。レジスタンスに参加していた弟ダニエルの死（享年十八歳）を知る。養生生活を続けるが、高熱や激しい頭痛に苦しめられる。〔三十二歳〕

＊一九四四年七月〜一九四五年五月、ヨーロッパ各地のナチス強制・絶滅収容所の解放。

一九四六年一月頃、『誰も戻らない』を執筆。一度はジュヴェのアテネ座での仕事に復帰したものの、体調が優れず、二月にスイスの保養所へ出発。二月に「男たち」（『レ・ゼトワール』紙)、五月に「リリー」(『アナベル』誌)と「自由の朝」(『ル・ジュルナル・ドゥ・ジュネーブ』紙)、十二月に「ぬいぐるみのクマ」(『アナベル』誌)を発表(いずれも『無益な知識』に挿入)。また同年六月に執筆された「女友達」は、のちに『誰も戻らない』に挿入される《リュリュ》)。同年七月、パリに帰還し、九月、アテネ座の仕事に復帰。〔三十三歳〕

＊同年、ヴィクトール・フランクルの『夜と霧』(原題『それでも人生にイエスという――心理学者、強制収容所を体験する』)の出版。

＊一九四五年十一月~一九四六年十月、ナチスドイツの戦争犯罪人を裁くニュルンベルク裁判の開廷。

＊一九四六年~一九四九年、ギリシャ内戦。

一九四七年春、アテナ座の仕事を辞め、国際連合の職を得て、ジュネーブで暮らしはじめる。〔三十四歳〕

＊同年、プリーモ・レーヴィの『これが人間か』の出版。

一九四八年五月、ギリシャ旅行。ナポリに向かう途中で、マクロニソス島に強制収容される囚人の列(人民戦線のゲリラたち)に行き会う。のちにこのとき感じた「恥ずかしさ」をラジオ番組(一九七四年)で語るとともに、この経験を『記憶と日々』(一九八五年)に綴る。〔三十五歳〕

一九四九年、バルカンのための特別委員会の任務で、一年間、ギリシャに滞在する。その後、パレスティナのための委員会の任務で、イスラエル、トルコ、シリア、エジプト、キプ

ロスなどに滞在し、暮れにジュネーブに戻る。〔三十六歳〕
一九五〇年、国連の仕事を辞め、ジュネーブで転職。〔三十七歳〕
＊一九五一年八月十六日、ルイ・ジュヴェ死去（享年六十三歳）。
＊一九五四年、アルジェリア独立戦争開始。
一九五六年、ジョルジュ・デュダックの死体を探し、ペール‐ラシェーズ墓地に埋葬。同年、国内レジスタンスの上級曹長と公認され、政治的強制収容者（カルト・ブル）としてでなくレジスタンス強制収容者（カルト・ローズ）として恩給を受けとることができるように。〔四十三歳〕
一九五九年、ソ連を旅行し、「レーニンと名付けられた列車」を執筆。この旅の経験を受けて、のちに『記憶と日々』の中でも、ソ連・コリュマの強制収容所が批判されている。〔四十六歳〕
一九六一年春、ジュネーブでの仕事を辞め、パリに戻り、国立科学研究センター（CNRS）でアンリ・ルフェーブルの秘書になる（一九六〇年との説もある）。アルジェリア戦争に関する著作『レ・ベル・レットル』をミニュイ社から出版。夏に、アメリカ・マサチューセッツの女子中学生向けの夏期講座でフランス語を教える。女学生シンティア・ハフトとの出会いは、のちにデルボー作品がアメリカで紹介されるきっかけに。〔四十八歳〕
＊一九六一年、イスラエルで、アイヒマン裁判。

＊一九六二年、アルジェリア独立。

＊一九六三年～一九六五年、ドイツ・フランクフルトでアウシュヴィッツ裁判。

一九六五年、『誰も戻らない』をゴンティエ社から、『一月二十四日の輸送列車』をミニュイ社から出版。〔五十二歳〕

一九六六年、『エクスプレス』誌のマドレーヌ・シャプサルとの対談で、「私は『誰も戻らない』で語るべきことの全てを語りました」と語る。アウシュヴィッツ・ビルケナウでの経験をもとにした戯曲「誰がこの言葉を伝えるのか？」を執筆。〔五十三歳〕

一九六七年、アテネで出会ったドイツ人男性との対話をもとにした戯曲「選びし者たち」を執筆。〔五十四歳〕

一九六八年、『誰も戻らない』がジョン・ギテンスにより英訳され、グローヴ・プレス社より出版。この年の夏、別荘のブルトーで、マルクーゼとルフェーブルの架空の対話を描いた戯曲「理論と実践」を執筆。八月のソ連によるチェコスロヴァキア侵攻を受け、十月に戯曲「降伏」を執筆。〔五十五歳〕

＊同年、プラハの春とソ連によるチェコスロヴァキアへの軍事侵攻。同年五月、フランスで五月革命。一九六七～一九七四年、ギリシャで独裁政治。

一九六九年、アントローポス社から『理論と実践——ヘルベルト・マルクーゼとアンリ・ルフェーブルの架空だが完全に疑わしいものとはいえない対話』を出版。〔五十六歳〕

一九七〇年、ミニュイ社より、『誰も戻らない――アウシュヴィッツとその後　第一巻』、『無益な知識――アウシュヴィッツとその後　第二巻』を出版。十二月三日のスペインでのブルゴス裁判に衝撃を受け、同月十六〜二十三日に被告人の家族の女性たちの声を描いた戯曲「判決」を執筆。〔五十七歳〕

＊一九七〇年十二月、スペイン・バスク地方でブルゴス裁判（バスク地方の独立を支持する十六人のナショナリストがスペイン警察へのテロ行為を行い、警察官一人を殺害した罪で裁かれた。犯行の物証はなく、被告らは拷問を受けたことを公に告発したものの六人が死刑判決を受けた。世論の反発を受け、三週間後に懲役三十年に減刑された）。

一九七一年、ミニュイ社より、『私たちの日々の尺度――アウシュヴィッツとその後　第三巻』を出版。この作品を戯曲化した「それで、あなたはどうしたの?」を執筆。「亡霊、私の友人たち」（のちの『亡霊、私の仲間たち』）がロゼット・C・レイモントにより英訳され、アメリカの名高い文学賞（Quill Award for Historical Fiction）を受賞。〔五十八歳〕

一九七二年、戯曲『判決』をピエール-ジャン・オズワルド社より出版。〔五十九歳〕

＊一九七三年、チリでアウグスト・ピノチェトによる軍事クーデタが起こる。

＊一九七四年、ポルトガルでカーネーション革命。

一九七四年三月、シラノ・ド・ベルジュラック劇場で『誰がこの言葉を伝えるのか』の上演、同書がピエール-ジャン・オズワルド社より出版。四月二日、ラジオ番組に出演し、ジャック・シャンセルと対談。放送後に、歴史修正主義者のロベール・フォリッソンからガス

室の存在を疑問視する手紙を受け、『ル・モンド』紙で反撃。〔六十一歳〕

一九七五年、モロッコのハサン二世による独裁政治と彼に対するクーデタ未遂事件を題材にした『クーデタ』、ポルトガルのカーネーション革命を題材にした戯曲『マリア・リュシタニア』をピエール-ジャン・オズワルド社から出版。チリの軍事クーデタを題材にした戯曲「国境線」を執筆。五月二十四日、収容所解放三十週年の記念にフランス・キュルチュールのラジオで『誰がこの言葉を伝えるのか』が放送される。十一月、スペインのフランコ将軍の死去を受けて、「独裁者の墓碑」を執筆（のちに『記憶と日々』に収録）。〔六十二歳〕

一九七七年、『亡霊、私の仲間たち』をモリス・ブリデル社より出版。夫との別れの場面を描いた、戯曲「選びし者たち」の第一幕第二景が「記憶の中で演じられる舞台」と題され、ラジオ朗読劇で放送。夏、ギリシャに旅行し、カラヴリタの大虐殺の石碑を見つけ、「千のアンティゴネーのカラヴリタ」（『記憶と日々』に収録）を執筆（一九七八年との説もあり）。〔六十四歳〕

一九七八年、国立科学研究センターを定年退職。夏、ロマンヴィル要塞での出来事を描いた戯曲「男たち」を執筆。〔六十五歳〕

一九七九年一月〜二月、アウシュヴィッツで死んだ赤ん坊を守るために殺されたジプシー女性を描いた「ジプシーの女」、アルゼンチン・ブエノスアイレスで毎週木曜日に行方不明者を探して五月広場に集まった女たちの苦悩を描いた「五月の狂女たち」、五月、ナチスに三人の息子を殺されたクレタ島の女性をモデルにした「クレタの女」を執筆（いずれも『記憶と日々』に収録）。十二月、ギリシャ国立劇場で『千のアンティゴネーのカラヴリタ』が上演、ギリシャ語訳も出版。〔六十六歳〕

＊一九七六〜一九八三年、アルゼンチンではガルチェリの独裁政権による「汚い戦争」で、約三万人が逮捕・監禁・拷問され、死亡もしくは行方不明になった。

一九八二年二月、ヴェニスに旅行し、のちに『記憶と日々』に収録される四つの文章を執筆。秋、数々の体調不良を訴え病院を受診、肺癌が見つかる。〔六十九歳〕

＊一九八四年、フランス・リヨンでクラウス・バルビー裁判。

一九八五年三月一日、享年七十一歳で永眠。友人に託されていた『記憶と日々』がベルグ・アンテルナショナル社より出版される。

一九九五年二月三日、クロード‐アリス・ペロットらの劇団主催でシャルロット・デルボーの朗読劇が開催、フランス・キュルチュールのラジオで放送され、話題となる。

＊同年七月十六日、ジャック・シラク大統領がヴェルディヴ事件におけるヴィシー政権の対独協力を公に謝罪。

二〇〇五年一月二十七日、収容所解放六十周年アウシュヴィッツ記念博物館の新館の開館式典で、フランスの強制収容者を代表する五人のうちの一人としてデルボーの写真が掲げられる。

二〇〇八年三月八日、パリ市役所の「女性の権利国際デー」のイベントで、パンテオンに九人の女性の一人としてデルボーの写真が掲げられる。

二〇一一年、戯曲『選びし者たち』がレ・プロヴァンシャル社より出版。

二〇一三年、未刊の作品を含む『誰がこの言葉を伝えるのか——その他未刊行作品』がフェイヤール社より出版。

訳者解説

本書は*Auschwitz et après II, Une connaissance inutile*, Minuit, 1970. の全訳であり、フランス人レジスタンス女性、シャルロット・デルボーが自らの強制収容体験を証言した詩的文学作品『アウシュヴィッツとその後』シリーズの第二巻である。

生涯

シャルロット・デルボー(一九一三〜一九八五)はフランスの作家・劇作家であり、アウシュヴィッツでの体験に基づいた作品で知られる。パリ郊外のヴィニュー゠シュル゠セーヌ生まれ。

戦前・戦中は、銀行員で共産主義者の夫ジョルジュ・デュダックとともにレジスタンス活動に従事する傍ら、アテネ座の主催者だった俳優ルイ・ジュヴェの秘書を務めていた。一九四二年三月二日、レジスタンス活動を理由に、潜伏先のパリ十六区のアパルトマンで夫とともに逮捕される。同年五月二十三日、サンテ監獄での最後の面会ののち、夫のジョルジュは二十八歳を目前にした若さでモン゠ヴァレリアンで銃殺された。同年八月、レジスタンスの闘士たちが多く拘禁されていたロマンヴィルの要塞へ移されたのち、翌年一月二十四日の輸送列車（コンヴォワ）でアウシュヴィッツ強制収容所に送られる。

彼女たちフランス人レジスタンス女性の一団には到着時の選別はなかったものの、収容されたのは、ガス室と焼却炉を備えているがゆえにアウシュヴィッツの中で最もおそれられていた第二収容所・ビルケナウだった。同年五月、デルボーを含む一部のフランス人女性たちは、ビルケナウから二キロの距離にあった副収容所のライスコ農場に移され、翌年一月にはラーフェンスブリュック女性強制収容所に移送される。デルボーはそこで一年三ヶ月を過ごしたのち、一九四五年四月二十三日に仲間とともにスウェーデン赤十字によって解放され、デンマークとスウェーデンを経由して六月二十三日にフランス・パリに帰還した。

翌年一月、デルボーはアウシュヴィッツ・ビルケナウでの体験を『私たちの誰も戻らないだろう（*Aucun de nous ne reviendra*）』（篠田浩一郎訳「アウシュヴィッツの唄」〔『誰も戻らない』〕）に綴ることになる。この作品を三週間ほどで書き上げたデルボーは、アテネ座のルイ・ジュヴェのもとに復職するものの、すぐに心身に不調をきたし、二月にはレジスタンス女性の元強制収容所被収容者・拘留者を支援する非営利団体（ＡＤＩＲ）の協力でスイスの保養所へと旅立った。この保養期間とその前後に書かれ、新聞や雑誌にも発表された四つの短編（「男たち」「リリー」「自由の朝」「ぬいぐるみのクマ」）は、本書の一部となっている。またスイスでの養生生活のあいだにデルボーは、のちに『私たちの日々の尺度――アウシュヴィッツとその後第三巻』に登場する《イダ》のモデルとなり、生涯の友人ともなった年下のユダヤ人女性イダ・グランスパンに出会ってもいる（イダ自らもアウシュヴィッツでの経験やデルボーとの交流をベルトラン・ポワロ＝デルペックとの共著『私は泣かなかった』〔二〇〇二年、未訳〕で語っている）。

半年間の養生生活を終えたデルボーは、この年の九月にアテネ座のルイ・ジュヴェのもとで再び秘書として働きはじめるものの、翌年の春に仕事を辞め、国連の行政秘書のポストを得て、ジュネーブに移り住んだ。一九四七年から一九六〇年までのジュネーブ時代には、国連の仕事でギリシャやトルコ、パレスティナ、シリア、エジプト、ソ連など、多くの国を訪問する。このときの経験はのちの作品にも影響を与え、例えば一九四八年にギリシャのナポリ港で、マクロニソス島に強制移送される男たちの隊列を見た経験（一九四七年から一九四九年のギリシャ内戦では、政府軍が左翼・共産主義者などからなる民主軍の兵士の多くを逮捕し、マクロニソス島の強制収容所や各地の刑務所に送った）は、死後出版の『記憶と日々』（一九八五年）に綴られている。

その後、パリに戻ったデルボーは、一九六一年の春から、国立科学研究センターに勤める社会学者・哲学者で、友人でもあったアンリ・ルフェーブルのもとで秘書として働きはじめた。彼女はパリ五区にアパートを購入するとともに、ロワレ地方にある小さな廃駅ブルトーを購入する。駅を改装したこの別荘は、ヴァカンスの時期には友人たちを呼んでにぎやかに過ごすための家となり、友人たちが寝入った夜にデルボーが集中して作品を執筆する書斎ともなった。また、デルボーはこの年、四月に勃発したアルジェリア戦争に関連して、最初の著作『レ・ベル・レットル』を出版している。

一九六五年、アウシュヴィッツ・ビルケナウの経験を書いた『誰も戻らない』が、執筆後十九年の歳月を経てゴンティエ社から出版されると同時に、同じ輸送列車で出発した二三〇人の女性たちの評伝を記した『一月二十四日の輸送列車（コンヴォワ）』〔以後『一月二十四日』と略記〕がミニュイ社から刊行される。五年後、『誰も戻らない』は『アウシュヴィッツとその後』シリーズの第一巻としてミニュイ社から再版され（『誰も戻らない――アウシュヴィッツとその後第一巻』月曜社、二〇二二年）、その続編として本書『無益な知識――アウシュヴィッツとその後　第二巻』が書かれることとなった。これらに続く第三巻『私たちの日々の尺度』は、この翌年である一九七一年に出版されている。

デルボーは一九八五年に肺癌でこの世を去るまで、強制収容体験を核にした作品を執筆し続けた。デルボーの作品と人生に関しては、ここでは書ききれないことも多いため、参考文献中の評伝などを参考に作成した年表を本解説の前に付した。完全なものではないが、興味のある読者には、第一巻の訳者解説と合わせてご参照いただければと思う。

本書の特色――『誰も戻らない』との比較を通して

前述のように、アウシュヴィッツ・ビルケナウの過酷な経験を綴った『誰も戻らない』の続編として刊行されたのが、本書『無益な知識』である。舞台は主にデルボーが通過したサンテとロマンヴィルの監獄、アウシュヴィッツ・ビルケナウ、ライスコ、ラーフェンスブリュックである。強制収容体験をもとにして書かれたという点で、本書は第一巻の続編とされているものの、必ずしも直線的な時系列で第一巻の続きをなしているわけではなく、手法や文体など第一巻とは異なる点も多い。

帰還後すぐに書かれた『誰も戻らない』では、フラッシュバックのように蘇る現在形によって、アウシュヴィッツ・ビルケナウの恐怖やそこで受けた苦痛が、「目に見えるように(donner à voir)」描写されている。その生々しさは、帰還後取り憑かれたようにこの作品を綴ったデルボー自身でさえ——悪夢が蘇ってしまうので——十九年後にタイプライターで書き写すことができないほどだった(Page, p. 114)。のちに『アウシュヴィッツとその後』の第一巻となるこの作品中では、アウシュヴィッツという単語が本文中に一度しか現れず、語り手の「私」の名前すら他者のセリフの中にただ一度Cというイニシャルでしか登場しないという無名性が、死の収容所の非人称的・非人間的世界を際立たせていた。同じ境遇の仲間たちと助けあい、支えあう「私たち」「彼女たち」というあり方が丁寧に描かれる一方で、ファーストネームで示されるそれぞれの人物の経歴や背景などは明かされず、Cでしか示されない「私」もその来歴を明かされぬまま、固有の一人称を剝ぎとられているかのように「私たち」や「彼女たち」と等しく死にゆく存在、「戻れるはずのなかった」存在として描かれていた。

これに対して本書では、この「私」が、レジスタンス闘士の夫を銃殺されたフランス人レジスタンス女性「シャルロット」として息を吹き返す。第一巻で封印されていた個人的記憶が回復されるかのように、記憶の底に沈められていた夫との別れの場面や、ともに手を取りあい助けあってきた友人ヴィヴァとの別れの場面が想起される。『誰も戻らない』ではフラッシュバックのように蘇る現在形の描写が際立っていたのに対し、本書ではむしろ、過去形による語りを軸として、失われた過去が一人称的な記憶として取り戻されている。《最初、私たちは歌いたかった》で、記憶の底から書きおこされたモリエールの『病は気から』を上演し、《人間嫌い》でパンと引き換えに本を手に入れたシャルロットは、失われた記憶を回復するために戯曲を暗唱し、詩を想起する。一人称の記憶の回復は思考の回復であり、想像力の回復でもある。名前を取り戻した「私・シャルロット」が、アウシュヴィッツ・ビルケナウで失ったものを取り戻していく過程が本書では描かれていると言えるだろう。

本書の成り立ちと作品解説

本書は十八の章および散文と、三十三編の詩によって構成され、戦後の早い時期に書かれた文章と、一九六九年に新たに書き加えられた文章とが混在している。原書には目次がないものの、本書では第一巻同様、章題と詩題、および無題の散文・詩の冒頭句を［　］内に示した目次を付した。また原書には脚注はないが、本書では必要に応じて訳注を付けた。デルボーの執筆当初の文学的意図には反しているかもしれないが、読者の読みやすさを考慮してのこととご理解いただきたい。

《男たち》の舞台は、デルボーが逮捕された後に収監されていたロマンヴィルの要塞である。ここは数多くのレジスタンス闘士たちが収容されていた監獄で、男性にとっては銃殺のための人質センター、女性にとっては強制収容所に移送前の通過収容所という意味合いが強かったといわれる。一九四二年三月二日に逮捕されたデルボーは、同年八月二十四日から翌年の一月二十二日までこの監獄に拘留されている。ここでは家族や友人からの差し入れの荷物や小包の受けとりが許可されていて、デルボーも妹のオデットなどから手紙や荷物を受け取っていた（Page, p. 26）。その際に受け取った何冊かの本をもとに、デルボーたちフランス人レジスタンス女性の一団はロマンヴィルで演劇の催しなどを企画していたという（Dunant, p. 497）。

ロマンヴィル監獄では一九四二年九月二十一日に、レジスタンスのテロ行為に対する報復としてナチスによって人質四十六人が処刑され、このうち十七人が、デルボーとともに拘留されていたフランス人レジスタンス女性たちの夫だった（Ibid., p. 113）。フランスに屈辱を与えるために、処刑の日付は、一七九二年にフランス革命軍がプロイセン軍に勝利し、第一共和政が開始された記念の日があえて選ばれたという。

この章の中で告白されているように、ロマンヴィルに収監される以前にデルボーは、銃殺される夫のジョルジュ・デュダックにサンテ監獄で別れを告げさせられていた。愛する人に永遠の別れを告げなければならない苦痛を身をもって知っていた彼女は、同じように大切な人を銃殺される仲間の女性たちの姿をロマンヴィルで目にしなければならなかった。この章は一九四六年には短編としてレジスタンスの新聞『レ・ゼトワール』紙に発表されていたものだが、同じテーマはデルボー最後の戯曲「男たち」(一九七八年)でも受け継がれている。

サンテ監獄が舞台となった《切られた首のラ・マルセイエーズ》では、パリのサン-ジェルマン-デ-プレ地区にあるビュシ通りで行われたデモが取り上げられている。このデモはフランスでは一般的に、女性のレジスタンス活動への参加を象徴する事件として語り継がれると同時に、レジスタンス弾圧が強化されるきっかけになった出来事として記憶されている。一九四二年五月三十一日——五月最後の日曜日で母の日でもあった——食糧を求めるレジスタンス女性たちは、ビュシ通りとセーヌ通りの角にあった食糧品店になだれこみ、オイルサーディンの缶詰を略奪して飢えた民衆に分け与えた。デモを主導した女性たちが逮捕された他、警官をピストルで射殺したテロ行為で男性八人と女性一人が死刑判決を受け、このうち三人の男性（エドガー・ルフェビュール、アンリ・ムニエ、アンドレ・ダルマス。本書では四人と書かれている）が、一九四二年七月二十三日にサンテでギロチン刑に処せられた（Schwartz, p. 37 and p. 97）。

デルボーが逮捕されたのは前述のとおり一九四二年三月二日なので、彼女はこのデモを直接経験してはいないが、デモ参加者の男性たちにギロチン刑が執行された七月二十三日に、その他のレジスタンス女性たちとともにサンテに拘禁されていた。デルボーと同じ輸送隊のリュセットことリュシー・ペシュー（一九〇五〜一九四三）はこのデモに参加し、同年六月にパートナーのジャン・ポティエ（のちにモン - ヴァレリアンで銃殺）とともに逮捕され、アウシュヴィッツ・ビルケナウの医務室で亡くなっている（Delbo, C, pp. 225–226）。

フランスの国歌である「ラ・マルセイエーズ」は、周知のように革命と自由を象徴する歌としてフランス国民のみならず世界中で広く知られている。占領下のフランスでは、ナチスによってこの歌が禁止されたものの、対独レジスタンス闘士たちは牢獄の中にいるときや処刑される間際に、フランス人としての誇りや自由への希望を込めてこの歌を合唱した。戦後にフォンテーヌブローの森で、処刑されたレジスタンス闘士たちの死体が見つかったとき、裏切り者の一人を除いて全員が――ラ・マルセイエーズを合唱しながら殺されたために――口を開けていたという逸話があるほどだ（吉田進『ラ・マルセイエーズ物語――国歌の成立と変容』中公新書、一九九四年、二一六頁）。

デルボーたちフランス人レジスタンス女性の一団も、アウシュヴィッツに入場する際にこの歌を歌ったことで知られている。とはいえ、デルボーが聞きとる歌は、必ずしも、華々しいレジスタンスの勇姿を象徴するものとしてのラ・マルセイエーズではない。彼女が注意深く耳を澄ませるのは、自由への希求も虚しくギロチンの刃に断ち切られていく男たちの声の残響であり、息を引き取る者たちの「胸を引き裂く」ような「かすれ声」（《最初、私たちは歌いたかった》）である。そもそもこの歌が、恐怖政治による粛清で断頭台に消えた人々の首を前に、熱狂する民衆によって歌われていたことも考えあわせると、ここで響いてくるのは単なる愛国心の称揚ではない、重層的な響きを帯びた、切実な歌声であるようにも思われる。

この章の末尾に引用されている『エクスプレス』誌の記事からは、一九五四年に始まったアルジェリア戦争への関心も読みとれる。フランスの植民地支配に抵抗し蜂起したアルジェリア民族解放戦線（FLN）と、現地出身の補充兵アルキを引き連れたフランス軍との戦いは、アルジェリア側に数十万人、フランス側に約三万人という犠牲を出したのち、一九六二年のアルジェリア独立によって幕を閉じた。この引用に見られるように、デルボーは祖国の独立のために立ち上がったアルジェリアの愛国主義者の処刑に、ナチスと戦ったフランス人レジスタンス闘志の処刑を重ねている。戦時中、同志の処刑を犠牲者の側から経験しなければならなかったデルボーは、戦後、フランスの植民地戦争によって、今度は加害者の側からアルジェリア人の処刑を傍観しなければならなかった――「アルジェリアの責め苦／その人々は私の舌を拷問者の舌に変えた」（Delbo, LMJ, p. 119）。

前述のように、デルボーの最初の著作はアルジェリア戦争に関する著作『レ・ベル・レットル』だが、これは当時の人々のアルジェリア戦争に関する多様な声、「美しい手紙（レ・ベル）＝文学（レットル）」を新聞や雑誌から抜粋した書物だった。この本は谷口亜沙子さんによれば、「元来は別々に書かれたはずのそれらの言葉が、デルボの手によってそっとつなぎ合わされることによって、互いに応答となり、補足となり、発展となりながら、読者をみずから考えること、問いかけることへと導」く、「きわめて特異な著作」であるという（谷口、一七三～一七四頁）。

この戦争をめぐっては一九六〇年九月六日に当時のフランスの知識人たちによってアルジェリア戦争への不服従を表明する「一二一人のマニフェスト」が公開され、哲学者のサルトルやボーヴォワール、作家のマルグリット・デュラスなどが署名を寄せたことでも知られている。こうした世相を背景に、デルボーは、人々の多様な声を響きあわせる形で『レ・ベル・レットル』を構成し、戦争の矛盾や植民地戦争の愚かさをあぶり出し、読者に思考・再考を促した。

フランスでは、対独協力やホロコーストの問題が、一九五〇年代終わり頃までタブー視される風潮があったが、アルジェリア戦争への抵抗や、ヴィシー政権の記憶との対峙、ホロコースト文学（一九五七年のロベール・アンテルム『人類』や一九五九年のアンドレ・シュヴァルツ＝バルト『最後の義人』など）の出版などを通して、このタブーが弱められたという（ロバート・イーグルストン『ホロコーストとポストモダン――歴史・文学・哲学はどう応答したか』田尻芳樹／太田晋訳、みすず書房、二〇一三年、三五六頁）。

サンテとロマンヴィルの監獄を経て、アウシュヴィッツ・ビルケナウに到着したデルボーは、虐待や過酷な労働、劣悪な衛生環境によって、短期間に親しかった多くの仲間を亡くすことになる。無題の死［イヴォンヌ・ピカールは死んだ］では、デルボーと同じ輸送列車でアウシュヴィッツに到着したフランス人レジスタンス女性たちの名前が挙げられている。本書で彼女たちの経歴が語られることはないものの、若き哲学者イヴォンヌ・ピカールや、アポリネールやクローデルを愛した編集者のイヴォンヌ・ブレックなどの経歴は、『一月二十四日』に記録されている（『誰も戻らない』「作品中に登場する人たち」でごく簡単にまとめてある）。また、「藤色の目をしていた」オロールに関しても、第一巻《渇き》の章で、渇きに喘ぐ哀願のまなざしが語られ、『一月二十四日』で渇きによる死が語られている。この詩の直前に、当該の《渇き》の章に呼応するかのように《飲む》という章が配置されているのは示唆的である。

ヴィヴァことヴィットリア・ドブッフも、デルボーと同じようにモン・ヴァレリアンで夫を銃殺されていた。ロマンヴィルで出会ったシャルロットとヴィヴァは、手を取りあい、強制収容所での過酷な環境を耐え抜こうとした親友だった。『誰も戻らない』では、点呼で気を失いそうになるデルボーに歯を食いしばって平手打ちし、渇きに喘ぐデルボーに自分のお茶を差し出すヴィヴァの姿が描かれる。［私がヴィヴァに会えるのはこれが最後だ］で書かれているとおり、死の充満するビルケナウの医務室をデルボーは忌避していた。デルボー自身も一九四三年七月四日〜八日にチフスでライスコ（後述にて説明）の医務室に入ったものの、それまではほぼ目が見えないほど症状が悪化しても、ビルケナウの医務室には決して足を踏み入れなかったという（Dunant, p. 343）。ともに助けあってきたヴィヴァのためだからこそ、彼女は再びビルケナウに戻り、医務室（レヴィール）に足を踏み入れることができた。デルボーが、チフスで死にゆくヴィヴァに別れを告げに行ったのは、（自らの回復からわずか一週間後の）七月十五日のことだった（Delbo, C, p. 79）。

《リリー》は《男たち》と同様に、一九四六年にすでに雑誌（スイスの月刊誌『アナベル』）に発表されていた短編小説である。スイスの保養所にいるあいだに書かれたこの短編は、一九六五年にフランスの『ラ・ヌーヴェル・クリティーク』誌にも修正を加えて掲載されており、これが本書に編み込まれることとなった。『アナベル』誌は評判のいい女性向け雑誌で、デルボーは一九四六年五月の「リリー」掲載後、同年十二月にもこの雑誌からの依頼を受け、パリで「ぬいぐるみのクマ」を書いていて、これも本書に組み込まれている。

《リリー》や《最初、私たちは歌いたかった》で説明されているとおり、ドイツ人の計画したゴムの栽培計画によって、デルボーを含む一部のフランス人女性は死の収容所であるビルケナウから引き抜かれた。本章で明言されてはいないが、この舞台はビルケナウから二キロの距離にあった副収容所のライスコ農場である。この農場では、農業技師で親衛隊中佐のヨアヒム・ツェーザーが指導者となり、根と樹液にラテックスを含むロシアタンポポの栽培が行われ、植物学者や化学者が必要とされることになった。ライスコの労働部隊に採用されていたクローデット・ブロック（《最初、私たちは歌いたかった》で『病は気から』の脚本を書きおこしたクローデット、訳注30参照）が、デルボーたち一月二十四日の一団の一人、マリー＝エルザ・ノルドマンと戦前から親交があったために、最初にエレーヌ・ソロモン（『誰も戻らない』《同じ日》で義足のアリスを助けようとしたエレーヌ）ら四人のフランス人女性がこのライスコのコマンドに入り込むことに成功した。その後、デルボーを含む十三人のフランス人女性も、一九四三年の五月からこの特権的コマンドに加わることになる。

当初、彼女たちはビルケナウから二キロの距離を通わされていたが、七月に木製の新しいバラックが整備され、新築の清潔なバラックの恩恵を享受することになった（Delbo, C, p. 18）。ユダヤ人女性やロシア人女性、ポーランド人女性などを合わせて、九十人ほどがこのコマンドにいたといわれる。指導者であるツェーザーが一九四二年の夏に妻をチフスで亡くしたことから、ライスコの環境を清潔に保つことを心がけていた（Gelly et Gradvohl, p. 156）こともあり、温かいシャワーとわら布団のあるライスコの環境はビルケナウよりはるかにましなもので、小包や手紙の受けとりも許可されていたという。しかしビルケナウでの悲惨な死を知ってしまった女性たちにとって、もはや臭いの届かなくなった焼却炉の煙を眺めながら安全な場所で「快適でいることは難しいことだった」（本書七九頁）。

リリー（原文ではLily）という女性に関しては、フランクフルトで一九六三年から一九六五年に行われたアウシュヴィッツ裁判で、手紙のせいで銃殺されたリリー・トーフラー（Lili Toffler）というスロヴァキア人女性の存在が証言されている。そのうちの一人の証言によると、彼女は二十歳から二十一歳の美しい女性で、恋文が発見されたことを理由に捕まり、政治局のヴィルヘルム・ボーガー（この裁判で終身刑が宣告された）によって拷問室の壁際に裸で立たされ、繰り返し銃殺の真似事をさせられたという――「彼女は千回もの死を死んだのです。最後には疲れはて、膝をついて銃殺してくれと懇願しました。最終的に彼女は全く同じように銃殺されました。全てがその紙切れのせいでした」（Naumann, S. 125）。この裁判記録をもとに、ペーター・ヴァイスは戯曲『追究』（岩淵達治訳、白水社、一九六六年）の中で「リリー・トーフラーの最期の歌」を書いている。とはいえ、この女性がゲシュタポの書記であり、他の囚人との接触を禁じられた秘密保持者であったために銃殺されたとの証言もあり（Ibid., S. 119）、本書に登場するリリーとの関係は必ずしも定かではない。

《旅》と《ベルリン》で綴られているように、ラ・マルセイエーズを歌いながらアウシュヴィッツに入場した二三〇人のフランス人レジスタンス女性のうち、デルボーを含む八人の女性たち（訳注37を参照）は、アウシュヴィッツ到着から約一年後の一九四四年一月にラーフェンスブリュックへと移送された。

この移送の旅では、様々な立場にあった当時の人々の姿が描写されている。彼女たちを引率してきたSSたちは、当時ドイツに併合されていたスロヴェニアの出身で、アウシュヴィッツがどんなところかも知らずに強制的にSSに徴兵されている（訳注47参照）。このような強制徴用の問題は、当時ドイツに併合されていたアルザス地方（現フランス）で、「自らの意に反して」、SSになることを強制されたアルザス人兵士＝「マルグレ・ヌ」を思いおこさせる（彼らの一部がフランスの小村オラドゥル－シュル－グラーヌの村民虐殺に加担させられた事件は悪名高いが、フランス人からもドイツ人からも疎まれたアルザス人兵士の多くは東部戦線に送られ、いのちを落としている）。

デルボーたちを引率したスロヴェニア人SSたちは、アウシュヴィッツを出ると「人殺しの皮を脱ぎ去る」（本書一一〇頁）ように、フランス人女性たちに親切に応対し、赤十字の看護婦から配給されたコーヒーを分けてくれる。デルボーは彼らの姿に、ヴェトナム・ソンミ村で住民を虐殺した米軍のウィリアム・L・カリー中尉の姿を重ねる。カリー中尉もまた、無辜の住民集団を虐殺しておきながら、目の前に現れたたった一人の「迷える飢えた少女」（本書一一一頁）に同情を禁じえなかった。人がいかにして人間を非人間化し、非人間化された人間を再び人間とみなすようになるのか、という問いが喚起されているようで考えさせられる。

SSになることを強制されたのは、男性たちだけではなかった。一九三九年五月十五日にラーフェンスブリュックが開設されると、ドイツでは一般人女性の中からSSの補助要員として女性看守（「強制収容所関連用語」も参照）が雇われるようになった。「肉体的に楽で」高い賃金の仕事として大々的にキャンペーンが行われたものの、思ったほどに人が集まらなかったため、あらゆる社会的階層の女性たちから強制徴用が行われ、中には、両親に別れも告げられずに無理やり連れてこられたと訴えた若い女性もいた（Brown, p. 16）。こうした女性たちは、訓練所で女性看守になるための教育を受けた後、強制収容所や、若年犯罪者を収容していた青少年保護収容所（ユーゲントシュッツラーゲル）などに配属されることになった。

デルボーたちが移送されたラーフェンスブリュックは、ドイツ東部に作られた女性専用の強制収容所だが、こうした女性看守の訓練所としての機能も備えていた。女性看守たちは、「人間以下の」存在に対して共感や思いやりを示すことのない、冷淡で容赦のない残酷さを身に着けるよう訓練され、囚人に寛大な態度や思いやりを示した者は罰を受けることもあった（Ibid., p. 17）。初日には女囚たちに対して「すみません」と言っていた二十歳の女性が、四日間で強制収容所の看守に「必要な流儀」を学んだという事例もあったという（Tillon, p. 140）。女性看守の中には、『誰も戻らない』に登場するマルゴット・ドレクスラーなど、度を越した残酷さで名を知られた者もいたが、選択肢も与えられずに強制的にＳＳに従事させられた普通の女性たちも多かった。彼女たちは戦後、男性ほどには戦犯として裁かれることが多くはなかったものの、ソ連に逮捕され死刑執行されたり、シベリヤの収容所送りになったりした者たちもいた。また、現代に至るまでナチス戦犯の追及はやまず、二〇二一年九月に、シュトゥットホーフ強制収容所の秘書だった九十七歳の女性、イルムガード・フルヒナーが起訴され逃亡しようとした事件など、戦後七十五年以上経ち高齢になってから罪を問われるケースもある。

第二次大戦中のドイツでは多くの大企業が強制収容所の労働力を搾取しており、たとえばアウシュヴィッツ第三収容所・モノヴィッツにはＩＧファルベン社の合成ゴム工場があったが、ラーフェンスブリュックでも、電気器具を製造していたジーメンス工場や、インドゥストリー - ホーフと呼ばれていた軍服の再利用工場があった。《ラーフェンスブリュックで胸が鳴る》の舞台になっているのは、おそらくこの縫製工場である。

ここで描かれている選別の出来事に関しては、同時期にラーフェンスブリュックに収容されていた民俗学者のジェルメーヌ・ティヨンがこれと同じような選別の出来事と、よく似た収容所長のセリフを記録している。デルボーはこれを「秋の日」と記述しているが、ティヨンはこれを一九四五年三月二十八日に行われた選別と記録し、このＳＳは一九四五年一月にアウシュヴィッツから来た新しい収容所副司令官、ヨハン・シュヴァルツフーバーだと明記している（Tillon, pp. 290–291 et p. 340）。ただし、似たような選別が同じようなセリフのもと、別の時期に別の人物によってなされたという可能性もゼロではない。シュヴァルツフーバーは一九四七年二月三日にイギリスの軍事法廷で死刑判決を受け、同年五月三日にハーメルンで死刑を執行された（Klee, S. 573）。

ラーフェンスブリュックは、アウシュヴィッツよりはマシな環境だったといわれるが、一九四二年頃から「黒い移送」（《出発》）によって、選別された大勢の女性たちがマイダネク絶滅収容所（ポーランド・ルブリン近郊）やハルトハイム城（ドイツ南西部）にトラックで移送され、ガスで殺害されている。最後に「黒い移送」が行われたのは一九四四年十一月末もしくは十二月初めで（Tillon, p. 239）、これ以降はラーフェンスブリュックに一度に一五〇人収容できるガス室が設置されたため、この移送は行われなくなった。代わりに、労働者動員の責任者だった親衛隊曹長のハンス・プフラオムらによって選別された女性たちがトラックに乗せられ、新しいガス室に運ばれるようになった。ガス室でのこうした殺害は、ナチスの書類には「ミットヴェルダ収容所への拘留者移送」という架空の名目で記録されていたという。また、「強制収容所関連用語」や訳注60でも説明したように、懲罰ブロックや「青少年収容区」（ウッカーマルク収容所）でも大量処刑がなされていた。

《出発》や《最後の夜》では、収容所からの撤退の真似事が何度も行われている。戦局が悪化しナチスドイツの敗北が決定的になるにつれ、前線に近い各地の収容所からドイツ内部の強制収容所への撤退（「死の行進」、訳注69）が行われるようになった。これには囚人の労働力を最後まで自国で利用搾取しようとの意図があったが、一九四四年から一九四五年冬の過酷な寒さと、食糧も水も与えられない何十キロにも及ぶ徒歩での移動、さらにSSによる落伍者の銃殺により、数多くの囚人が犠牲となった。アウシュヴィッツからの撤退は、ソ連軍による解放の直前に行われ、約四人に一人が亡くなったといわれる。

デルボーは「死の行進」に加わることなくラーフェンスブリュックで解放されているが、彼女の仲間の一部には撤退に加わり、マウトハウゼンやオラニエンブルク‐ザクセンハウゼン強制収容所に移動させられた女性たちがいた。

話は前後するが、ラーフェンスブリュックでの労働は、デルボーも記述しているとおり、点呼の際にうまく身を隠せば避けることができた。生き延びるために常に仲間たちと行動をともにしていたデルボーは、労働忌避して隠れていたある日、仲間たちの姿を見失い、孤立してしまう。この出来事を書いた《位置について、落ち着いて》では、仲間たちから離れた彼女を救ったルイ・ジュヴェの声が想起されている。デルボーは戦前から戦後にかけてジュヴェのアテネ座で秘書として働いており、訳注57でも触れたように、国立高等演劇学校でのジュヴェの講義をタイプライターで記録する仕事をしていた。ジュヴェの声は彼女にとって近しい声であると同時に、信頼を寄せていた友人の声でもあった。このエピソードは、《最初、私たちは歌いたかった》でのモリエール上演や、《人間嫌い》でパンと引き換えにモリエールの本を手に入れるエピソードとともに、モリエール作品を多く上演したジュヴェとの絆を感じさせる。

デルボーがラーフェンスブリュックから解放されたあと、真っ先に手紙を送ったのも、自らの母親とルイ・ジュヴェの二人だった。このとき送ったジュヴェ宛ての長い手紙にデルボーはこう綴っている――「私がしてきたこの長くおそろしい旅についてはお話ししたくありません。（中略）でも私がどうして戻るのかお伝えしたいと思います。私はあなたの声を聞くために戻るのです」(Dunant, p. 64)。

また、帰還後に『誰も戻らない』を書いたとき、その後二十年近くこの作品の出版を差し控えることになるデルボーは、ジュヴェにだけは真っ先にこの作品の冒頭を書き送っている。ジュヴェはこれに対し、作品を向上させるためには書きなおしたほうがいいとの返事を送ったが、自らの作品を時間のふるいにかけたデルボーが書きなおすことはなかった。デルボーはその後ジュヴェの職場を離れることになるが、かといって、デルボーとジュヴェとの絆が断ち切られたわけではない。後述の『亡霊、私の仲間たち』という作品も、すでに世を去っていたルイ・ジュヴェ宛ての手紙という形式で書かれているし、本シリーズ第三巻『私たちの日々の尺度』のレジスタンスの犠牲者に宛てられた献辞でも、ジロドゥ『エレクトル』の奴隷の言葉を引用することでジュヴェへのオマージュが捧げられている。

本書において最も痛切な叙述は、『誰も戻らない』では一切触れられることのなかった夫ジョルジュ・デュダックとの永別だろう。《出発》の終幕では夫との出会いの場面が想起され、《永別(アデュー)》では、サンテ監獄での最後のやりとりが回顧されている。

本書でも語られているとおり、彼女が夫に出会ったのは、四月二十三日だった。これは一九三四年のことで、この頃、アンリ・ルフェーブルの思想に影響を受け、青年共産同盟(ジュネス・コミュニスト)に加盟していたデルボーは、共産主義学生連盟が共産主義者の若者向けにソルボンヌで開催した労働者大学の夜学の講義に通っていた。当時二十歳だったシャルロットが十九歳のジョルジュに出会ったのはこの席でのことであり、二人はこの二年後の三月に、パリ三区の区役所に婚姻届けを提出する。二人にとって出会いの記念の日であった二十三日は、奇しくも永別の日となり、解放の日となった。一九四三年五月二十三日、サンテ監獄で夫に別れを告げたデルボーは、一九四五年四月二十三日にラーフェンスブリュックで解放の日を迎える。

デルボーは解放後比較的早い時期に、夫との別れに関していくつかの文章や詩を書いたものの、その後長いあいだこの話題に触れることはなかったといわれる（Dunant, p. 140）。私生活では明るく社交的、強気で非妥協的な性格だったと言われるが、親しい友人に対してであっても、強制収容所や夫の銃殺を話題にすることはほとんどなかった。たとえば前述のイダ

（スイスの保養所で出会った若きユダヤ人女性）は、デルボーと知りあって二十年経つまで彼女の夫が戦時中に銃殺されていたことを知らなかったという（Gelly et Gradvohl, p. 206）。

無題の詩［私は彼に言った］は、解放の翌年である一九四六年に（最初のバージョンでは句読点なしに）書かれたもので、デルボーはこの詩をどこにも発表せず、誰にも見せずに二十年近く持ち続けていたといわれる。彼女は一九六七年に書かれた戯曲『選びし者たち』の第二幕の冒頭にこの詩を挿入している。アテネでのドイツ人男性との実際の出会いをもとに、ナチスドイツに抗わなかったドイツ人男性ヴェルナーと、アウシュヴィッツに収容されたフランス人レジスタンス女性フランソワーズとの対話を描いたこの戯曲中では、夫（作品中ではポール）との別れの場面が想起される。この第一幕第二景は、一九七七年にラジオ朗読劇用に編集された際に、［私は彼に言った］の詩を冒頭に挿入した形で、「記憶の中で演じられる舞台」というタイトルを与えられた。

《永別（アデュー）》では、デルボー自身の別れの経験が、ジャン・ジロドゥの戯曲『オンディーヌ』（一九三八年）に重ねられている。人間の騎士ハンスに恋をした水の精オンディーヌは、水の精の王と契約を交わしてハンスと結ばれるが、その契約ゆえに、別の女性に心変わりしたハンスはいのちを落とし、オンディーヌは記憶を失くすことになる。死にゆくハンスにオンディーヌが別れを告げる最後の場面で、二人が交わしあう愛の言葉は水の中からの無情な呼び声に断ちきられる。三度名を呼ばれたオンディーヌが愛の記憶を失うように、デルボーもまた最後の逢瀬を兵士の呼び声に断ちきられ、忘却の前に立たされる。オンディーヌに与えられたのは、目の前に死んでいる男が誰であるかわからなくなるほどの完全な忘却だった一方、デルボーに残されたのは、愛の記憶を保ったまま生きていく者に必然的に付きまとう忘却、「呼吸しつづけること」であり「思い出しつづけること」（本書一五四頁）であるような漸次的な記憶の喪失だった。デルボーは、戦後すぐに書かれた草稿をもとにした作品『亡霊、私の仲間たち』（一九七七年）の中でも、夫（作品中ではG）にまつわる記憶の忘却をオンディーヌの忘却と対比させている。

私は彼を忘れることをおそれていました。呼吸することや食べること、希望を持つことに怯えていました。それは忘れること、彼を忘れることなのではないかと。いいえ。彼の思い出があまりにつらかったから私はオンディーヌが羨ましかったのです。彼女は水の底に沈んでしまえば忘れられる。私の場合は、自分自身の表面に再び浮かび上がってしまい、周囲を取り巻くあらゆるものが鋭利な角のあるものでしかなくなって、どんな事物も色も想起も連想も浮かび上がるイメージもひりつくものでしかなくなってしまいます。それらは全て、Gが確かに存在し、私を愛していた証でした。私が彼を愛していて、彼が死へと旅立ったあの朝、彼に別れを告げても死ななかったという証でした。

（Delbo, SP, pp. 60–61）

サンテ監獄で別れ、モン゠ヴァレリアンで銃殺された夫ジョルジュ・デュダックの死体を、デルボーは四年間探し歩いた。ジョルジュの兄弟の協力も得て、一九五六年にそれらしき遺体がパリ郊外の墓地に葬られていたことを発見したものの、記録にある遺体の服装や身長、歯の特徴はジョルジュのものとは一致しなかった。他になすすべもなく、この遺体はジョルジュ・デュダックの遺体としてパリのペール・ラシェーズ墓地にあるレジスタンス共同墓地に葬られたという（Dunant, pp. 456–457, Gelly et Gradvohl, pp. 222–223）。デルボーはのちに、カラヴリタの虐殺（一九四三年十二月にギリシャの小村カラヴリタでナチスによって十二歳以上の村民男性六九六人が銃殺された）を題材にした作品「千のアンティゴネーのカラヴリタ」（一九七九年）で、虐殺された男たちの死体を葬ろうとする女たちの苦痛を書いている。

夫亡きあと、いくつかの恋愛は伝えられたものの、シャルロット・デルボーは生涯独身を通し、家族を作ることもなかった。

「無益な知識」と《生きている者たちへの祈り》

最後に、「無益な知識」というタイトルに触れておきたい。訳注1でも触れたように、本書冒頭に掲げられているクローデルの詩「バラード」の中に、「無益な持物」としての「知識」という表現が見られる。またこの詩には、本書後半の詩「私も　かつて夢で見たのだった」の一部（「生きていると信じている者たちが／もう生きてはいない／とある世界で／（……）／あらゆる知識が無益なものと化す」）と呼応するような一節（「人間の無益さと　自分では生きていると信じている者のなかの死者を含めて」）や、第一巻のタイトル（アポリネールの長篇詩「死者たちの家」の一節「私たちの誰も戻らないだろう」）と呼応するような一節（「私たちは二度とあなたがたのもとに戻ることはないだろう」の反復。原文はイタリック）が含まれている。また、「知識（connaissance）」という単語は語源的に「ともに - 生まれる（co-naissance）」という含意を持ち、訳者は詳しくはないものの、クローデルでは、人間は万人のために生まれる者であり、あらゆる誕生（naissance）が一つの知識であると考えられていて、デルボーがこの用法を意識していた可能性もあるという（Page, p. 139, Dunant, p. 327）。

詩《イヴォンヌ・ブレックに》にあるように、デルボーはアポリネールとクローデルに心酔していたが、アウシュヴィッツ・ビルケナウでは「アポリネールとクローデルは／私たちとともにここで死んでいる」（本書四〇頁）。病や渇きや死に取り憑かれた強制収容所の世界では、あらゆる記憶も想像力も奪われるがゆえに、詩を想起することはできない。それどころか、そこで得られる知識を前には、他のあらゆる知識が無益なものになる。

ホロコースト文学研究者のローレンス・ランガーは、デルボーの「無益な知識」という表現に言及する際、カミュの次の言葉を引用している――「死だけが真の知識である。だが同時にこれは知識を無益なものにし、知識の進歩を不毛なものにする」（Langer, p. 202）。デルボーがカミュのこの表現を意識していたかはわからないが、カミュがこの言葉を戦時中に手帖に書きつけていたことを思えば、同じ時代を生きた二人（二人とも一九一三年生まれ）の思想に類似点が見られるとしてもさほど奇妙なことではないだろう。デルボーにとって、アウシュヴィッツの知識とは、大切な友の死ぬことになる時間を言いあてることができるほどに正確な死の知識であり、他のどんな知識も無意味化してしまうような絶対的な知識である。

『誰も戻らない』の頃から特徴的に表れていた「知っている」「知らない」という言い回しは、『無益な知識』においてアウシュヴィッツの恐怖の本質を言い当てるような、皮肉かつ残酷な意味合いを強める。さらに第三巻の『私たちの日々の尺度』では、この知識を経たあとに日常生活に戻ることの困難が語られることになる。「無益な知識」は、強制収容所という環境では他のあらゆる知識を無益化する絶対的な知識だが、帰還して取り戻された日常の世界では何の役にも立たないどころか、生きていくことを困難ならしめる障害となるものである。「私は本を読むことができなくなっていた。それは本の中に書かれていることがあらかじめわかっているような気がしたから、それを別の仕方で――もっと確実でもっと奥深い、明らかで反論しがたい知識によって――知っているように思えたからだった」（Delbo, III, p. 16）。

無益な知識は、自分自身が生きることの障害となるだけではなく、他者にそれを伝えることのできないもどかしさ、やりきれなさにも繋がる――「私には語るべきことが何もなかった／だって／私は学んでしまったのだ／あそこで／他の人たちには伝わらないことを」（「私は死者たちの中から戻ってきた」）。『誰も戻らない』では、デルボーがアウシュヴィッツで見た象徴的な夢（「家に帰る悪夢」）が語られる。「家に戻ってこう言う、私よ、ここよ、戻ったのよ、ねえ、でも不安に責めさいなまれていると信じていた家族みんなが壁のほうを向いて押し黙り、無関心な他人と化している」（九一頁）。デルボーと同じくアウシュヴィッツの生き残りであるプリーモ・レーヴィは、デルボーの『誰も戻らない』を読んだとき、この夢は自分も含め、アウシュヴィッツにいた仲間の多くが見た夢であると話したという（Amsallem, p. 80）。強制収容所で無益な知識を得てしまった人々がおそれていたのは、人々の無知というより無関心であったのかもしれない。

冒頭の章《男たち》の中で「まだ自分の心の底に、生きている者たちに赦しを与える祈りを見つけることができずにいた」（本書一一頁）と語っていたデルボーは、《生きている者たちへの祈り――彼らが生きていることを赦すために》と題された一連の詩によってこの作品を締めくくる。非人間性の極致で愛する人たちを奪われた彼女にとって、何もなかったかのように戦争の傷を忘れ、犠牲者の声に耳を傾けようともせずに生きる人々を目にすることは耐えがたい苦痛だったに違いない。だがそれでもなお生きるということは「忘れること」であり、死に近接した世界で学んだ無益な知識を捨て去る――「学んだことを忘れる」（désapprendre）――ことに他ならなかった。彼女は「それ以外の仕方では／もう生きていくことはできな」かった者として、後の世を生きる人々に「お願いだから／何かをしてくださ い」と願わずにはいられない（本書一九一～一九二頁）。『ル・モンド』紙のインタビュー（「私は文学を武器として使う」）でデルボーは次のように語っている。

私は読者や観客に一つの問いを投げかけているのです。あなたは何をしたのか、あなたの人生を何に変えるのかと。彼らが答えを探そうとしてくれるなら、私が書いてきたことは無駄ではなかったと思えるはずです。もし書くことが無益に思えるなら私は書かないでしょう。

（« Je me sers de la littérature comme d'une arme », *Le monde*, le 20 juin 1975）

この問いに答えることは容易なことではないが、デルボーの残した『無益な知識』が痛みや疼きとして私たちのうちに何かを生じさせるのだとすれば――この「知識」が一つの「誕生」でもあるとするなら――その無益さは決して単に無益なものではないだろう。

＊

本シリーズ第一巻『誰も戻らない』の刊行後、立命館大学名誉教授の西成彦先生よりご連絡をいただき、二〇二三年六月九〜十一日に、関東大震災における朝鮮人虐殺から百周年を追悼して行われたイベント「死者たちの夏２０２３　ジェノサイドをめぐる音楽と文学の３日間」の一部である朗読会で、『誰も戻らない』の《マネキンたち》の章を読みあげていただく機会を得た。「見えるようにする＝視覚へと与える（donner à voir）」というデルボーの言葉の意味、もしくは、忘却に抗う文学の意義を、まさしく身体で実感させられる体験だった。過ぎ去った声に肉を与え、息を吹き込んだ朗読者や演奏家や舞台関係者の方々、企画者の方々、そしてこのような機会を与えてくださった西先生に、この場を借りて改めて感謝と喝采を送りたい。

最後になるが、本書の出版にご尽力くださった全ての方々、特に月曜社の小林浩さんに深くお礼申し上げる。また、応援してくれた家族や友人、訳者の拙く未熟な仕事にコメントをくださった方々にも心から感謝を伝えたい。

〈デルボー主要著作〉

『レ・ベル・レットル』（一九六一年）*Les Belles Lettres*, Minuit, 1961.

『一月二十四日の輸送列車』（一九六五年）〔当解説においてCと略記〕*Le Convoi du 24 janvier*, Minuit, 1965.

『誰も戻らない（初版）』（一九六五年）*Aucun de nous ne reviendra*, Gonthier, 1965.「アウシュヴィッツの唄」篠田浩一郎訳、『全集・現代世界文学の発見6　実存と状況』所収、學藝書林、一九七〇年。

『誰も戻らない——アウシュヴィッツとその後　第一巻』（一九七〇年）*Auschwitz et après. I. Aucun de nous ne reviendra*, Minuit, 1970.　拙訳、月曜社、二〇一一年。

『無益な知識——アウシュヴィッツとその後　第二巻』（一九七〇年、本書）*Auschwitz et après. II. Une connaissance inutile*, Minuit, 1970.

『私たちの日々の尺度——アウシュヴィッツとその後　第三巻』（一九七一年）〔Ⅲと略記〕*Auschwitz et après. III. Mesure de nos jours*, Minuit, 1971.

『誰がこの言葉を伝えるのか?』（一九七四年）〔その他未刊行作品を含む〕*Qui rapportera ces paroles ? et autres écrits inédits*, Fayard, 2013.

『亡霊、私の仲間たち』（一九七七年）〔SPと略記〕*Spectres, mes compagnons*, Maurice Bridel, 1977 ; Berg International, 1995.

『記憶と日々』（一九八五年）〔LMJと略記〕 *La Mémoire et les jours*, Berg International, 1985.
『選びし者たち』（二〇一一年） *Ceux qui avaient choisi*, Les provinciales, 2011 ; Flammarion, 2017.

〈引用・参考文献〉

Violaine Gelly et Paul Gradvohl, *Charlotte Delbo*, Fayard, coll. Pluriel, 2017.
Ghislaine Dunant, *Charlotte Delbo, La vie retrouvée*, Grasset, 2016.
Sous la direction de Christiane Page, *Charlotte Delbo, Œuvre et engagements*, Presses Universitaires de Rennes, 2014.
Paula Schwartz, *Today Sardines are not for Sale, A Street Protest in Occupied Paris*, Oxford University Press, 2020.
Bernt Naumann, *Der Auschwitz-Prozess, Bericht über die Strafsache gegen Mulka u. a. vor dem Schwurgericht Frankfurt am Main 1963-1965*, Europäische Verlagsanstalt, 2020.
Germaine Tillon, *Ravensbrück*, Seuil, 1973 et 1988.
Ernst Klee, *Das Personen Lexikon zum Dritten Reich, Wer war was vor und nach 1945*, Nikol, 2016.
Daniel Patrick Brown, *The Camp Women, The Female Auxiliaries Who Assisted the SS in Running the Nazi Concentration Camp System*, Shiffer, 2002.
Lawrence. L. Langer, *The Age of Atrocity, Death in modern literature*, Beacon Press, 1978.

Daniela Amsallem, « La poésie dans l'œuvre de Charlotte Delbo », *Témoigner entre Histoire et Mémoire, Dossier Charlotte Delbo*, Kimé, 2009.

Cynthia Haft, *The theme of Nazi Concentration Camps in French Literature*, Mouton, 1973.

Filip Müller, *Trois ans dans une chambre à gaz d'Auschwitz*, traduit par P. Desolneux, Pygmalion, 1980.

谷口亜沙子「シャルロット・デルボ——アウシュヴィッツを「聴く」証人」、塚本昌則／鈴木雅雄編『声と文学——拡張する身体の誘惑』所収、平凡社、二〇一七年。

マルセル・リュビー『ナチ強制・絶滅収容所——18施設内の生と死』菅野賢治訳、筑摩書房、一九九八年。

ニコラ・ベルトラン『ナチ強制収容所における拘禁制度』吉田恒雄訳、白水社、二〇一七年。

プリーモ・レーヴィ『休戦』竹山博英訳、岩波文庫、二〇一〇年。

中谷剛『新訂増補版　アウシュヴィッツ博物館案内』凱風社、二〇一二年。

ヴィトルト・ピレツキ『アウシュヴィッツ潜入記——収容者番号４８５９』杉浦茂樹訳、みすず書房、二〇二〇年。

【著者略歴】

シャルロット・デルボー（Charlotte Delbo, 1913–1985）

フランスの作家。1913年8月10日、ヴィニュー-シュル-セーヌ（パリ南東郊）生まれ。1942年3月、レジスタンス活動を理由に夫のジョルジュ・デュダックとともにフランス警察に逮捕され、ゲシュタポに身柄を引きわたされる。夫の銃殺刑ののち、229人のフランス人レジスタンス女性とともに1943年1月24日の輸送列車でアウシュヴィッツ強制収容所に送られ、1945年4月23日にラーフェンスブリュック女性収容所にて解放された。1985年3月1日、パリにて病没。享年71歳。主な著書に、『アウシュヴィッツの唄』（篠田浩一郎訳、『全集・現代世界文学の発見6　実存と状況』所収、學藝書林、1970年；本訳書シリーズ第一巻『誰も戻らない』の原著初版1965年版の全訳）、『アウシュヴィッツとその後』（全3巻、1970～1971年；第1巻『誰も戻らない』亀井佑佳訳、月曜社、2022年；第2巻『無益な知識』本訳書）、『誰がこの言葉を伝えるのか』（1974年、未訳）、『記憶と日々』（1985年、未訳）など。

【訳者略歴】

亀井佑佳（かめい・ゆか, 1986–）

フランス文学・哲学研究。立命館大学大学院文学研究科人文学専攻哲学専修博士前期課程修了。翻訳に、シャルロット・デルボー『誰も戻らない』（月曜社、2022年）、同『無益な知識』（本書）など。論文に、「強制収容所における「恥ずかしさ」の考察――デルボー、レヴィナス、アガンベン」（『立命館哲学』第32集所収、立命館大学哲学会、2021年）など。

無益な知識

アウシュヴィッツとその後　第二巻

著者　シャルロット・デルボー

訳者　亀井佑佳

2024年2月28日　第1刷発行

発行者　小林浩

発行所　有限会社 月曜社

〒182-0006 東京都調布市西つつじヶ丘4-47-3

電話 03-3935-0515　FAX 042-481-2561

http://getsuyosha.jp

造本設計　野田和浩

印刷製本　株式会社シナノパブリッシングプレス

ISBN978-4-86503-183-6

Printed in Japan